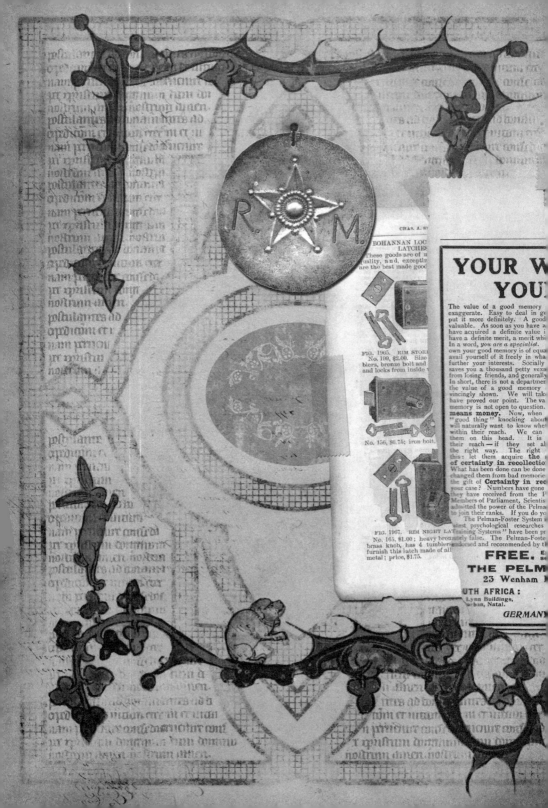

尤利西斯·摩尔
推理冒险系列

ULYSSES　MOORE

6 终极真相

[意] 帕多文尼高·巴卡拉里奥/著　顾志翔/译

中国出版集团
现代出版社

版权登记号：01-2013-6145

图书在版编目（CIP）数据

终极真相 /（意）巴卡拉里奥著；顾志翔译 . —北京：现代出版社，2015.11
（2021.6 重印）
（尤利西斯·摩尔推理冒险系列）
ISBN 978-7-5143-3914-7

Ⅰ.①终…　Ⅱ.①巴…　②顾…　Ⅲ.①儿童文学－长篇小说－意大利－现代　Ⅳ.① I546.84

中国版本图书馆 CIP 数据核字（2015）第 172322 号

终极真相

作　　者	[意] 帕多文尼高·巴卡拉里奥	
译　　者	顾志翔	
责任编辑	袁子茵	
出版发行	现代出版社	
通讯地址	北京市安定门外安华里 504 号	
邮政编码	100011	
电　　话	010-64267325　64245264（传真）	
网　　址	www.1980xd.com	
电子邮箱	xiandai@vip.sina.com	
印　　刷	永清县晔盛亚胶印有限公司	
用　　纸	660mm×900mm　1/16	
印　　张	15	
版　　次	2015 年 11 月第 1 版　2021 年 6 月第 7 次印刷	
书　　号	ISBN 978-7-5143-3914-7	
定　　价	39.80 元	

ULYSSES MOORE

终极真相

亲爱的小读者：

　　在不安地等待了一个月之后，迈克尔·梅里韦瑟终于再次与我们联络，我们先是收到了一封电报，几天之后我们又收到了尤利西斯·摩尔第六本日记的译稿，正如预料的那样，从日记中我们得知了一系列惊人的事情……你一定会吃惊的！

　　　　　　　　　　　　　　　　　　你的出版社的朋友

　　附言：如果你们想要知道他在哪里，可以仔细看一下下一页信封上的邮票和邮戳……

TELEGRAM

CLASS OF SERVICE

This is a full-rate Telegram or Cable-gram unless its deferred character is indicated by a suitable symbol above or preceding the address.

PETER DEDALUS TELEGRAM

SYM

DL=Day L

NT=Over

LC=Defer

NLT=Cable

Ship F

The filing time shown in the date line on telegrams and day letters is STANDARD TIME at point of origin. Time of receipt is STANDARD TIME at point

电 报

你好　STOP

非常抱歉让你们担心了　STOP

除了有些累之外我一切都好　STOP

不久之后你们会收到我寄出的尤利西斯的第六本日记　STOP

我暂时不能对你们透露太多的细节　STOP

你们也不要问我究竟发生了什么事情　STOP

把《终极真相》读完吧　STOP

然后我会向你们说明一切的　STOP

人物介绍

杰森

勇敢的少年梦想家，酷爱探险，能够感知到冥冥之中的东西，比如幽灵。遇到事情容易急躁，常常凭着感觉走，经常冒出一些在别人看来十分疯狂的念头。

朱莉娅

杰森的双胞胎妹妹，典型的城市女孩，聪明、开朗、健康、爱运动，喜欢喧闹而又有朝气的城市生活，来到阿尔戈山庄后也对冒险产生了浓厚的兴趣。

瑞克

双胞胎兄妹在小镇上认识的第一位朋友，对小镇上的事情了如指掌。他身体健壮，勇敢坚强，遇事沉着冷静，善于分析。

尤利西斯·摩尔

阿尔戈山庄的前主人，神秘人物。

内斯特

阿尔戈山庄的管理员，曾处理尤利西斯·摩尔的很多事务，了解山庄的秘密。他看上去冷漠而严肃，内心却十分善良。

达戈贝托

中世纪的一个小窃贼，杰森和朱莉娅来到 12 世纪后，他给了他们许多帮助。

布莱克

基穆尔科夫的火车机械师，只有他知道时间之门主钥匙藏匿的下落，在火车站被关闭之后，他就下落不明。

奥利维亚·牛顿

非常富有，一直想争夺阿尔戈山庄，想得到时间之门的钥匙。

目录

TELEGRAM

PETER DEDALUS TELEGRAM

The filing time shown in the date line on telegrams and day letters is STANDARD TIME at point of origin. Time of receipt is STANDARD TIME at point of destination

CLASS OF SERVICE

This is a full-rate Telegram or Cablegram unless its deferred character is indicated by a suitable symbol above or preceding the address.

SYMBOLS

DL = Day Letter
NT = Overnight Telegram
LC = Deferred Cable
NLT = Cable Night Letter
Ship Radiogram

Hell0, ol? man!

Y0u are going to receive unwelcome
visits fr0m Villa Arg0.
Stop.
Keep an eye 0n the Door t0 Time.
Stop.
And st0p Oblivia Once and f0r all.
Y0urs affectionately,
Peter

第一章

奇怪的"电报"

点点星光在夜空中闪烁着，静寂的夜色仿佛正在吞噬着大地。

在一处不易发现的小路后面矗立着"杰尼花园"：一座隐藏在悬崖上的城堡。房顶、拱门、阶梯、水池和围墙……一切都像受惊了的孩子一样围在一起。透过破碎的玻璃窗，阵阵凉风吹过城堡里长长的走廊。城堡似乎正在慢慢地晃动着，水在通过地下栅栏时溅起苍白的水花，从顶上的烟囱里飘出了懒洋洋的烟雾。院子里的孔雀匍匐在地上，花朵上的蝴蝶也一动不动。

在另一处，一间宽敞的房间里透出了烛光，一个男子正静静地站在窗前凝视着院子里高耸的铁栅栏，他略带焦虑地将了一把大胡子，重新读了一遍脚下展开的一块布料上的文字。这可真是一样奇怪的东西：看上去像是一块毯子，然而又像是在一千年后被我们称为"电报"的东西，上面写着：

嘿，老朋友！

有不速之？正通过阿尔戈山庄去向你那里。　STOP

查看一下时间之门。　STOP

阻止奥利维亚的野心。　STOP

你的老朋友

彼得

随着房门的打开，屋子里的烛光剧烈地舞动起来，进来的是一位中国女人——这个男人的助手，两人相互作揖打了个招呼。

"你的指示是对的。"他的女助手说，"士兵们抓住了两个入侵者。"

"两个？"男人若有所思地低声说。

然后他拿起地上的那卷布料扔进了壁炉里，布料随之被火焰吞没，很快便化为了灰烬。

"看来我们两人应该出发了，我的朋友，恐怕这会是一次长途旅行。"

他的声音听上去似乎充满了沧桑和不堪回首的记忆。

壁炉里的火舌依然呼呼地向外吐着。

他的助手微微鞠了一躬："我这就去准备。"

她离开之后，男人吹熄了所有的蜡烛，只剩下一根，然后他挪开墙上的一块挂毯，小心翼翼地将手伸进了后面的一个壁龛，小心地避免触动里面的机关，然后从里面取出了一个镶有金边的木质小盒子，打开了上面的一把瓷制锁扣。

盒子里面静静躺着几把钥匙，每一把的把手上都刻有一只动物，但是却缺少了四把：蜥蜴、刺猬、大象和猫头鹰。

男人显然吃了一惊。"这是怎么回事？"他又仔细看了一遍箱子里的钥匙，心里默默地问道。

他想了一会儿得不到答案，于是吹熄了最后一根蜡烛，然后消失在黑暗中。

第二章

快，躲起来

杰 森突然拉住了他的妹妹说道："嘘……"

这时朱莉娅的前脚刚踏上一级阶梯，"怎么啦？"不过当她看到了杰森的手势后便没有再追问下去。

他们选择的这条阶梯非常昏暗，通道十分狭窄，而天花板也似乎湮没在黑暗中，在阶梯的尽头一支火炬照亮了旁边的一扇大门，此时从大门的另一边传来了一阵金属的碰撞声：有人正在打开门闩。

兄妹两人赶紧向四周望了一下：在他们经过的路上并没有任何可以藏身的地方，如果要往上躲到门背后的话又太远了，唯一可以躲藏的地方就是在阶梯的两侧：那里有两个壁穴，里面放着两个装有植物的大花瓶。

杰森向着他的妹妹指了指其中的一个，自己则选择了另一个。

朱莉娅走进了她的那个壁穴，然后便窝身躲进了花瓶与墙壁之间的空隙里。杰森试图一个大步跨过花瓶，不料却将上面的植物全部碰倒了，而且绊到了花瓶的另一端，发出了一声低沉的撞击声。这下显然撞得不轻，不过他也顾不得发出呻吟了。

阶梯尽头的大门缓缓地打开了，球形的门把手碰在墙上发出巨大的响声，上面的光线洒在阶梯上，在两人躲藏的壁穴外留下了金色的光斑。朱莉娅看到杰森的一只鞋子直接靠在花瓶边上，但是她却不敢作声：在阶梯的顶端出现了一个强壮男人的身影，他两步并作一步地走了下来。小女孩往阴暗处挪了一挪，祈祷着这个男人不要发现他们。

"轻一点，珍珍！"那个男人突然回头说道："你想要吵醒这里所有的人吗？"

珍珍走出了大门，就这样让它敞开着，然后下了阶梯。

"你带好所有的东西了吗？"他问道，不过似乎并没有要她回答的意思。

珍珍背着一个蓝色丝绸做的大袋子，袋口用绳子紧紧地扎了起来。

"上面的机关都打开了吗？"那个男人继续问道。

然而他的助手依然一言不发。

"那些苍鹭？那些风口？还有那些兔子？嗯……看来我们的实验室非常安全了。"

两人走过了花瓶所在的壁穴，阶梯上部的火炬发出的光芒到这里已经变得十分微弱了，这时那个女人终于开口说话了："等一下……"她停下了脚步。

朱莉娅双手握拳，挡在脸上，连眼睛都不敢睁开。"千万不要看到我们……千万不要看到我们……"她开始不断地祷告，比以往任何一次都更加虔诚。

珍珍走近了后面躲着杰森的那个花瓶，花瓶的边上还靠着他的运动鞋。

"千万不要看到他……千万不要看到他……"朱莉娅依然不停地默念着。

珍珍是一个身材矮小的中国女人，她的头上戴着奇怪的圆形帽子，身上披着一件蓝色的斗篷，斗篷的绳子系在她的脖子上。而那个男人则是一个不折不扣的西方人：身材不高，但是非常强壮，留着深色的胡子，身上披着一件牧师穿的袍子，不过脚上的鞋子却十分扎眼。朱莉娅仔细地看了一下，又揉了揉眼睛，确认那不是因为昏暗的光线造成的幻觉：那个男人脚上穿着一双 NIKE 运动鞋！

珍珍将手伸进花瓶里，拨开上面的叶子，然后抓了一把菊花。

"我不确定我带的是不是足够。"她说。

那个男人点了点头："我们要赶紧了，时间不是很多。"

说完两人继续沿着阶梯走了下去。

朱莉娅身体稍稍向前倾了倾，只见那个脚穿运动鞋、僧侣模样的男人背上背着一个硕大的旅行包，旅行包用好几根皮绳紧紧扎着。朱莉娅觉得这个男人似乎有些面熟。

最终当两人渐渐消失在下面阶梯尽头的时候，朱莉娅终于慢慢爬出了壁穴，猫着腰走近杰森躲藏的地方。"他们走了！"她说道。

"呜！"杰森这才发出一声呻吟，"撞得我好痛啊！"

"你也快出来吧！"朱莉娅说。

"你说得容易啊……"杰森说着开始左右挪动身体。

由于有花瓶挡着，朱莉娅没有办法看清楚杰森是怎么躲在那后面的，不过从杰森挪动的声音来判断，不难想象他躲在后面一定非常难受。

终于，杰森从花瓶的左侧爬了出来，他捡起了掉在花瓶另一边的那只鞋子，拍了拍沾满了树叶和蜘蛛网的脑袋。

"这个壁穴可真不是一个好地方。"

在简短的商量之后，杰森和朱莉娅都认为尾随两人实在太危险了，于是决定先去调查一下两人刚才出来的地方。

就这样他们来到了阶梯上部的大门口。

"刚才他们提到了实验室……"朱莉娅走上了最后一级阶梯说。

"是的，我也听到了。"

"他们还说到了有陷阱。"

"我记得是苍鹭、风口和兔子。"

"那是什么意思呢？"

"我也不清楚。"杰森看着眼前这扇足足有他三倍高的大门，试着推了推，"不过眼下我们有更重要的事情要做，我们必须尽快找到布莱

克·沃卡诺，并且在我们的爸爸妈妈发现之前回到阿尔戈山庄。现在，我们知道布莱克带着基穆尔科夫所有的钥匙来到了这里……"

"这其中也包括了主钥匙。"朱莉娅紧接着补充说，"而且我们还要找到瑞克。"

"他不会有事的，你放心好了。"

"可是……"

"不用担心瑞克，等我们回到基穆尔科夫的时候，他一定会在那里等着我们的，并且……"说着杰森夸张地嘟起双唇做出亲吻的动作。

"讨厌！"朱莉娅推了他一下。

杰森将手指贴在大门的边缘部分，轻轻地向外推了一下。"他们没有把门锁上。"说着他打开了一条缝隙，刚好能够让两人钻进去。

朱莉娅嘟囔了一句："杰森，你注意到那个男人的鞋子没有？"

"嗯，嗯……"小男孩显然并没有在意她刚才说的话。

穿过了大门，两人来到了四周有城墙的一块平台上，在平台的中间还残留着火堆的余烬，在他们的左侧，一条通道沿着城墙蜿蜒地通向前方，放眼望去可以看到一些灯光有规则地围在四周。

杰森粗略估算了一下，这里至少有二十盏灯。

夜晚的空气是干燥的，却感觉不到一丝寒冷，一轮明月挂在星空中，洒下银白色的月光。

"你在听我说话吗？"

"当然。"杰森说着走到了城墙的边缘向下望去，突然他向后跳了一步。"哦，该死！"

朱莉娅走上前去，她只觉得一阵眩晕，原来这个平台的下方是一道

万丈深渊，不管在他们的面前或是脚底下都看不到任何东西，只有一片黑暗。

"天哪……"她轻轻地说，"这里可真高啊。"

不过，小女孩并没有像她的哥哥那样害怕，她甚至还向悬崖深处张望了一下，一探究竟：整座城堡坐落在一座山峰的顶部，而在城墙的外面有一条几百米宽的大峡谷，在峡谷的深处，星星点点的灯火像蚂蚁一般排成一列，那里应该有一座小城市。

"杰森，你在那里吗？"

在灯火的映射下，小男孩的脸色一片苍白。

"你还好吧？"他的妹妹问道。

"我很好，当然。"杰森深吸了一口气，说道："为什么这样问？"

"你有恐高症？"妹妹说道。

杰森使劲地摆着手说："你开玩笑吗？"

"刚才你看到这里的峡谷了吗？这里比阿尔戈山庄至少还要高两三倍呢……"

"拜托，朱莉娅……"听到妹妹的话后，杰森的脸色更加难看了，"不要再说了，我开始觉得不舒服了……"

朱莉娅走上前去扶住了她的哥哥说："你觉得头晕吗？"

"是的，有点，而且……我的胃也不太舒服。"

"一定是恐高症。"

"这怎么可能？我没有恐高症，这种情况从来也没有发生过……"

"这可能只是暂时性的……"

"但愿如此……"杰森只觉得自己的双腿不听使唤地不住颤抖着，朱莉娅扶着他走到了内侧的围墙边。

"在这里靠一会儿吧，没问题的！你看这里的围墙非常坚固，再说

那条也算不上是大峡谷，只能说是……一条小沟吧。"

"朱莉娅……"她的哥哥颤抖着说，然后指着前方。

"什么？"她问道："哦，天哪！"她向后退了一步，手掌紧紧捂住嘴巴。

在距离他们几步远的地方有一具尸体，那人身穿中世纪士兵的服装，坐靠在通道一侧的墙壁上，脑袋歪向一边的肩膀，双腿无力地在地上舒展，手上还拿着一把戟。

"这人是一名守卫？"杰森问道。

"是刚才那两个人把他杀掉的！"朱莉娅突然说，"那两个人可能是杀手……"

"可是他们为什么要拿菊花呢？奇怪。"

"刚才那个男人脚上还穿着运动鞋。"

"是吗？那这样说来他一定也有手提电话了。"

"我不是在开玩笑！他脚上穿着NIKE的老款运动鞋。"

杰森吸了一口气，然后说道："拜托你看一看四周，我们现在可是身处中世纪！你没有看到他们的服饰吗？"

"我的意思是……"

杰森站起来，走近那个看守说："你看：束身长衣，披风，外套还有弯刀。"

"这个叫做戟，"朱莉娅指正说，"你在干什么啊？"

"我看看他是不是已经死了。"杰森将手掌按在看守胸口的皮甲上，可是皮甲太厚，他什么也无法感觉到，接着他松开了看守紧抓着戟的那只手，检查他的脉搏，然后说道："他还活着，我感到他的心跳了。"杰森弯下腰去探听守卫的呼吸，鼻子里闻到了淡淡的菊花香味，"他只是睡着了而已。"

"我想我们最好在他醒来之前离开这里。"

杰森点了点头说:"好主意,那我们去哪里?"

妹妹指着一侧的通道说:"如果我们不想折回之前那条昏暗的楼梯下去的话,我想这是我们唯一的选择了。"

"好的。"杰森向后退了一步离开那名看守,却一不小心踢到了靠在墙壁上的那杆戟。

"杰森!当心!"

说着那杆戟斜斜地倒向了墙壁的外侧,翻了出去。

"哦,不!"杰森试图抓住戟的柄,但是他的头才一伸出去就感到一阵天旋地转。

杰森向后退了两步,一屁股坐在了地上。"那玩意滑掉了……"他说。

"没事的,没事的。"

"它是没事,"杰森重复了一遍,"我就有事啦,让我先喘一口气……好了,我们可以走了。"

第三章

苦恼的发型师

格温达琳·米恩诺芙坐在她的小汽车里，双手紧紧握着方向盘。汽车就这样停在原地，引擎已经熄灭了，只有车前玻璃上的两把雨刷还在有规律地工作着。天空中并没有下雨，车子里，基穆尔科夫的发型师呆坐着，眼睛直直盯着前方，双唇微张。

"我做错了吗？"她的嘴里一直重复着这句话，"我是不是做了一件坏事？"

此时她的脑海里各种想法同时涌了上来。

科文德太太对她非常和善，而奥利维亚一定有什么阴谋，她欺骗了格温达琳，就像骗走了一个小孩子的糖果一样。

"我已经三十二岁了！"她看着车前的玻璃，然后放下遮阳板，这才想起上面并没有镜子，又把它收了回去。随后她调整了一下车上的后视镜，使之正对着自己，就这样看着镜子里自己的眼睛。

"我已经是一个大人了。"和往常一样，她只要看着镜子里的自己就会这样想。接着她又仔细回忆了一遍整个事件的来龙去脉。

"他们告诉我说他们就去山庄里待一会儿，因为曼弗雷德希望看一眼屋子里的一扇门……"发型师用手指一件一件地比画着。"他是和我一起进入山庄的，接着在我给科文德太太染发的时候，奥利维亚过来把他叫了出去，在此之后他就再也没有回来过。当科文德太太向我问起他的时候，我不得不谎称他已经自己步行下山了，但是我并不知道他去了哪里，在商店里也找不到他，这到底是怎么回事呢？"

这时，格温达琳意识到有什么地方出了问题，或许她从一开始就不应该相信奥利维亚，如果让她的母亲知道了，她一定会被责怪的。

时候已经不早了，基穆尔科夫小镇上开始亮起了星星点点的灯火，街上弥漫着晚餐的香味，马路对面的费舍太太正在屋子里为她的七个孩子准备着炸薯条，远处传来了狗吠声，那条狗正等着它的主人给它送去晚餐。

"要是他们偷走了什么东西怎么办？"格温达琳自言自语道："当时我和科文德太太正忙着，他们趁这个机会完全可以在山庄里自由行动，而且……"

格温达琳又陷入了沉思中，她习惯性地咬着自己的指甲，然后看了看左手食指和中指指甲上的印子，摇了摇头。

"我可不能让别人以为我也是一个小偷！"她使劲的一掌拍在方向盘上，汽车喇叭顿时响了起来，"你这个坏蛋！为什么你要把我陷害到这个地步？"

她所指的当然是曼弗雷德，这个她从"鲸之呼唤"海岸边救起来又带回自己家帮助他养伤的男人。

这个男人在昏迷中所提到的威尼斯之旅和埃及之旅令她好奇；他脸上的那道疤痕更增添了一丝神秘的色彩，使她着迷。

但也正是这个男人欺骗了她。

格温达琳现在真的感到非常生气了，她紧紧地抓着自己那套着蓝色皮革的方向盘，似乎这样能够给她带来一些安全感。不过，已经发生的事情是无法改变的：格温达琳带着两个人一起进入了阿尔戈山庄，而现在却只有她一个人开车下来。现在山顶上的山庄里的灯已经点亮了，她也已经无法得知奥利维亚和曼弗雷德的真正目的了。

我应该赶紧过去道歉，并阻止事态的进一步发展。

"镇定，格温达琳……"年轻的发型师做了两次深呼吸，"我是不是应该把这件事情告诉妈妈……"不过随即她又有了一个想法："也许我应该打个电话给科文德一家，或者干脆回他们那里一趟……不过这样的话很可能他们以后再也不会来找我剪头发了，或者我可以通知一下经常来店里的史密斯先生？"

这样倒也可以，问题是怎么通知他？如果我打电话给他的话，他一下子就能够听出我的声音；或许我可以剪下一些字母拼凑成一封匿名信寄给他，但是我看到那黏糊糊的胶水就觉得恶心，那该怎么办呢？

这时远处传来了悠扬的钟声：那是从圣亚戈布教堂传来的。

"菲尼克斯神父！"女发型师高兴地叫出声来。

她重新发动了引擎，关掉了雨刷开关，放下手刹，就在路中间掉了头，扬起一阵尘土便一溜烟地跑了，只留下比格斯小姐的一只猫紧张地躲在一盏路灯的上面。

格温达琳已经有好几年没有去教堂忏悔了，不过现在她觉得这是唯一一个能够让她摆脱罪恶感的好方法。况且平时菲尼克斯神父并不是一个多嘴的人，相反，他总是非常乐意帮助别人，如果告诉他的话，他一定会保守这个秘密的。

格温达琳的小车停在教堂前的小广场上，她一边走向依然亮着灯光的教堂，一边想着应该如何启齿，她抬头看了看天空，时间已经不早了，最后一抹阳光正在消失，教堂屋顶上几只鸽子正安静地栖息着。

"我只要忏悔这一件事情吗？"她抬手敲了敲菲尼克斯神父的房门，"还是说我另外再编几个故事，让他觉得我是一个很诚实的人？"

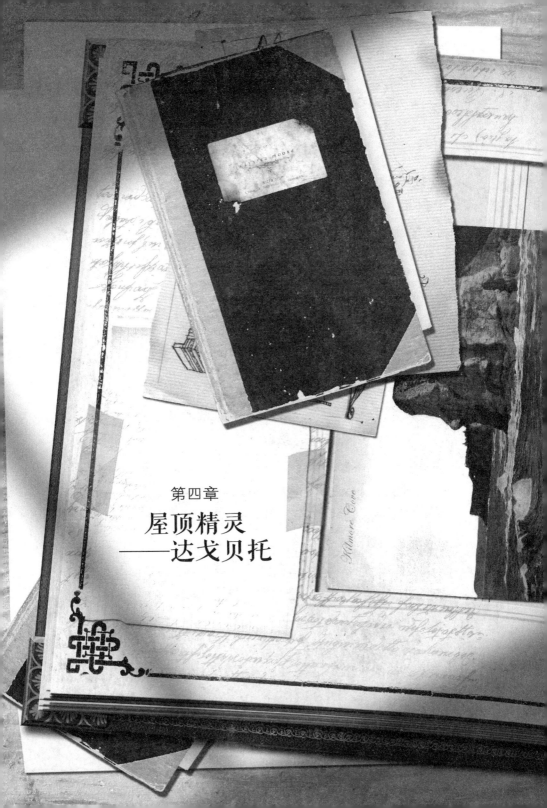

第四章

屋顶精灵
——达戈贝托

在决定沿着通道走下去之后，杰森紧贴着通道内侧的墙壁慢慢前进，不一会儿，他便习惯了这种感觉，步子也变得更加自信了。

在他的身边，朱莉娅一直都很安静。她看着外面的夜景，茫茫的黑暗从他们的脚下一直延伸开去，无边无际，一轮明月挂在天空中。这时她发现在山谷的下面似乎有一个废弃了的小镇，镇上既没有像样的房子，也没有街道，所见到的建筑只是零零散散地分布着的一些用石头堆成的小棚，像一个个方盒子一样东倒西歪。

而在杰森这边，借助月光，他看到在城墙的里面有一些屋顶、建筑、雕像、拱门、喷泉、矮塔、古树、大大小小的走廊、通道和窗户。

在快到第二个平台的时候，两人听到了篝火燃烧时发出的木柴爆裂声，于是他们小心翼翼地匍匐着前进。来到了通道的开口处，两人先是探头向四周张望了一下，在没有发现任何危险之后才走了出来，和刚才一样，他们在这里也发现了一个躺着的士兵。

"这里也有一个人睡着了。"杰森一看到他就说。

在这个士兵的身后是一条通向内侧的向下阶梯。

"我们从这里走吗？"

"不知道，我看一下……"

杰森往地上一坐，然后取出了尤利西斯·摩尔的笔记本，直接翻到了画有诸多地图的地方，上面有用红色铅笔所画出的线路以及各种记号，在每一个转弯的地方都标明了诸如：右转、向下、开门等简单的词语。

每一条线路的边上都标出了线路的起点以及它的终点，就像是汽车拉力比赛一样。

"从滴水之堂到千火厨房……"杰森一边翻页，一边读出来，"从铁皮之地到守望者阶梯，从团结之屋到幽深之图书馆……这些到底是什么地方啊？"

朱莉娅向四周看了看，希望能够找到什么标志性的东西，随后她对她的哥哥指着附近的两座塔。

杰森继续翻着笔记本。"圣鸟花园、谎言地下室、大壁炉、灰色舞蹈之屋、吼叫之楼……这里没有关于塔的记载。"

"找找平台？"

"露水平台？四季阳台？流水晒台？"

"找找庭院。"

"嗯，好主意。"

"什么好主意？"朱莉娅问道。

"找找庭院啊。"

"我并没有让你找庭院啊！"

杰森抬起头来看了看他的妹妹，然后说："不管怎样，这是一个好主意。"

篝火在两人的身后不远处燃烧着，将两人的影子在地上拖得很长。

"时间流逝之庭！"杰森兴奋地将笔记本拿给朱莉娅看，"找到了，你看。"

"你确定就是这个庭院？"

"时间流逝……时间之门……在这图上画有通往阶梯的路径。"

"那应该是它没错了。"

"这条路一直通往……"杰森又低头去查看笔记本，"通往一个叫熔岩之口的地方。"

"可是我们去熔岩之口干什么呢？"

"那里有可能会找到布莱克·沃卡诺的线索。"

朱莉娅耸了耸肩，不置可否。

"或者我们到了那里之后……"杰森又将笔记本往前翻了几页，"然后从熔岩之口去大壁炉……或者是永恒青春之泉。"

"杰森？"他的妹妹突然叫了他一声。

"什么事？"

"你听到了吗？"

"没有，听到什么？"

"好像……"朱莉娅随后摇了摇头，"没什么，可能是我弄错了。"

杰森带头走下了阶梯，朱莉娅警惕地向四周看了一圈，随后也紧跟了下去。

在两人走远后，从围墙的外侧突然飞上来一个铁爪，它的一端系在一根皮绳上。在铁爪紧紧地抓住了围墙的缝隙后，后面的皮绳也随之一紧。不一会儿，一个小巧的身影出现在围墙上，他先向平台周围张望了一下，确定了这里没有其他人之后便跳到平台上，手腕轻轻一抖，就将铁爪收了回来，然后将皮绳卷起来挂在背后。

看上去这还只是一个小孩，他蹑手蹑脚地来到睡着了的守卫身边，然后取下了那人的钱袋。

他来到楼梯口向下张望，同时耳朵仔细地分辨着每一丝细微的声响，当听到在下面的杰森说要朝右转弯之后便跟了下去。

兄妹两人转了许多道弯，上上下下走了无数级阶梯，又穿过了几条长长的过道，每当两人听到点滴异常的动静时便停下来暂时躲一下，因此两人也避开了不少巡逻兵。

由于天色太黑，两人无法找到更明显的标志，只能够依靠房间的门牌和路牌来辨别方向。一口大钟刚才还在两人的上面，在转过了几个弯之后又到了两人的下面，而刚才看上去还很近的大门现在又似乎远离了不少。

终于，他们按照笔记本上的路线走完了全程，来到了熔岩之口。

这是一间灰色的长方形房间，窗户外一道银白色的月光洒在地板上，房间顶上到处都是烟熏的痕迹，一侧的墙壁有一个炉子，上面接着一个巨大的风罩，炉子上放置着一些铁架，散发着烤肉的香味。

"唔……这里可真香啊……"朱莉娅四处张望了一下，然后说。

"我还真有点饿了。"杰森说着走到了炉子的边上。

已经熄灭了的炉子还有一些余热，在铁架上留有一些烤熟了的肉块。

"杰森……"朱莉娅轻轻叫了杰森一声，她在炉子对面的墙壁那里发现了一扇连接着另一个房间的门，从门里传出了阵阵鼾声。她小心翼翼地推开一条缝，看到里面大约有十来个人正在睡觉，就连屋顶上垂下的吊灯也慵懒地随意晃动着。

这时从铁架那里传来了"吱"的一声，并且伴随着杰森痛苦的叫声。

朱莉娅赶紧回头看了一下，幸好厨师们并没有被惊醒。小女孩踮起脚尖走到杰森的身边。"你疯啦？"她指着门说，"在那里至少有十个人正在睡觉。"

"稍微硬了一点，不过味道还不错……"杰森一边撕咬着手里的那一大块肉，一边递了一块给朱莉娅："你要不要尝尝？"

"杰森！"

"什么事？"他继续说道，"这是烤肉，我已经饿坏了！"

朱莉娅吸了一口气，然后平静地对杰森说："我们到这里来可不是为了吃东西的。"

"可我们也不能就这样饿着啊！你现在有什么好主意吗？……如果你愿意的话我们也可以在这里小睡一会儿，或者找个人来问一下情况。"

"难道你想我们像奥利维亚一样被抓起来？"

杰森嘴里塞满了肉块，随后蹦出两个字："不要。"

"还是先让我看一下那本笔记本吧。"

小男孩侧过身来，指了指自己裤子的口袋说："你自己拿吧，我的手很脏。"

朱莉娅取出了笔记本将它平摊在月光照进来的地方。"我们不能够再这样漫无目的地在这个城堡里乱转了，我们应该制订一个计划。"

杰森努力地咀嚼着满嘴的烤肉，只能点点头。

朱莉娅继续说："我们知道布莱克·沃卡诺带着基穆尔科夫所有的钥匙穿过永恒青春列车上的那扇时间之门来到了这里。"

"是的。"

"而我们则是穿过阿尔戈山庄的时间之门过来的。"

杰森这时又走向壁炉去拿另一块肉。"是啊，然后呢？"

"这样说来……我们是从时间流逝之庭出来的，那么布莱克……"朱莉娅翻了翻笔记本，"他应该是从另一个地方出来的。"

"哪里？"

"让我想想。"朱莉娅模仿着大人的口吻说，"比如说在埃及的时候，我们是从访客之家的储物室里出来的……"

"是的，而且你还拖了我们的后腿。"

"而奥利维亚是通过比格斯小姐家里的时间之门过去的。"

"碰巧她后来又抢走了我们好不容易弄到手的地图……"

"是从你们手里抢去的。"

"哎哟！"杰森呻吟了一声，蹲在壁炉旁。

"你在那里干什么呀？"

"好烫啊。"他一边回答，一边将手里刚拿起的一块肉扔了回去。

"你好恶心呀。"

"继续说。"

"在威尼斯的时候，通过阿尔戈山庄的时间之门之后，我们到达的是卡波特之家……"

"而奥利维亚则是通过镜屋的时间之门过去的，并且出现在另一个地方，"杰森补充说，"没错，可是你想要说明什么呢？"

"那么永恒青春列车上的时间之门会通向这里的什么地方呢？"

杰森好不容易才将刚才的那块肉又重新塞进嘴里。"或许通向永恒青春之泉？"

"有可能。"朱莉娅又开始翻看笔记本，"刚才你看到的通向泉水的路线在哪一页上？"

"不要回头。"她的哥哥轻声说。

朱莉娅抬头看着他说："什么？"

"我数到三……"杰森一边看着她的身后，一边说，"然后我们一起向出口跑。"

朱莉娅直起身来，但是杰森没有给她时间回头看。

"一……不要回头！二……"

这时一个依然带着睡意的声音在朱莉娅身后响起："嘿，你们！你们是谁？"

"三！"刚一说完，杰森便用尽全力跑向出口。

一切都发生得那么突然，兄妹两人一下子就消失在黑暗中，身后传来了嘈杂的叫喊声："抓小偷！你们这两个浑蛋小偷！看我不把你们全部抓住！"

在绕过了几个弯道之后，兄妹两人的面前出现了两条岔路，杰森想要往右，而朱莉娅想要往左。

"往这边！"杰森叫道。

"不！应该是这边！"他的妹妹反驳说。

"跟我来……"在两人的头顶上出现了一个陌生的声音。

"是谁在说话？"朱莉娅问道，一边向四周环视了一圈。

一个娇小的身影出现在两人的头顶上，然后他跳了下来，收起手中的绳子，对两人说："我知道哪里可以藏身，快跟我来。"

两人打量了他一番：那是个十来岁的孩子，浅色的眼睛中射出机灵的光芒，手脚虽小却很灵活，他的身上穿着用破布随便缝起来的衣服，在腰间和背后绕着好几卷绳子，顶端都带着锐利的铁爪。

杰森和朱莉娅没有等他再多说便紧紧地跟了上去，一直跑到过道的尽头，然后钻进一条更窄的通道，里面有一扇河马嘴巴似的大门，打开门后是一架盘旋向上的阶梯。而带领他们的那个小男孩在里面熟门熟路地向上走着，然后到了一个特定的地方，他停下了脚步，挪开了头顶上的一扇活动天花板，一下子就钻上了屋顶，他沿着屋顶上的木梁快速前进，最后看到了一扇玻璃天窗，打开天窗，他们终于走了出来。

"当心脚下不要打滑。"小男孩提醒了两人一句，便加快步伐向前走去。

紧跟在小男孩身后的朱莉娅此时有些担心杰森的恐高症，怕他有什么意外，不过杰森从刚才开始就一门心思紧紧跟在两人的后面，甚至都没有意识到他们已经身处在悬空的屋顶之上。

小男孩很快就爬到了最高处，然后他将手脚都贴着屋顶开始匍匐前进，一直来到了一个烟囱口，他绕过了烟囱，跳上了另一个通向一座四方塔的屋顶，在那上面长着两棵橄榄树。他回过头来等杰森和朱莉娅与他会合后，就熟练地解下了身上的一卷绳子，向上一扔，钩住了塔上的凸起物。

他将绳子的一端交给朱莉娅，然后又向上扔了一根绳子，自己便开始向上爬了起来。

"快点。"杰森对朱莉娅说，然后将绳子的一端放低。

朱莉娅抓紧了绳子，然后双脚依靠塔的侧壁支撑，努力地向上攀爬。很快她就爬了上去，跨过了栏杆，然后回过头来看着杰森。

几秒钟后，两人就来到橄榄树下，到了这里终于可以松一口气了。

那个小男孩动作利索地收起了绳子，重新将它背在身后。

"不管怎么说，这次多亏你了。"杰森说。

小男孩并没有立刻回答他，而是继续看着附近的屋顶、塔楼和房屋，等到他确定他们已经没有什么问题后，这才转过头来对着两人。

"你们是谁？"他双腿一盘，一屁股坐在了地上。

"你是谁？"朱莉娅并没有直接回答，"为什么你要帮助我们逃跑？"

"因为我不喜欢这里的祭司们。"他一边检查绳子顶端的铁爪，一边回答两人，"你们是小偷吗？"

"不是！"朱莉娅叫着回答。

小男孩的眉毛挑了一挑，似乎感到有点惊讶。

"那你们是谁？"

"我们只不过是普通的旅行者而已。"

"我叫杰森。"

"我叫达戈贝托。"小男孩说道，然后看着朱莉娅。

"我是他的妹妹，朱莉娅。"

"你们多大了？"

"十一岁，你呢？"

小男孩摇了摇头说："我不知道。"

"那么，达戈贝托，你在这里干什么呢？"杰森问他。

"我是跟着你们到那里的。"

"为什么？"

"因为好奇，而且你们在城墙平台上的时候差点要了我的命。"

"什么时候？"

"就在你们把一杆戟扔下来的时候。"

"你在城墙外面？"

"当然。"小男孩说着摆弄着手里的铁爪，发出叮叮的响声。

在缓过气来之后，朱莉娅起身摸了摸橄榄树的树干，然后问："这是哪里？"

"和平之塔。"达戈贝托回答说。

"你好像很了解这座城堡啊。"

"我的一些同伴比我更加了解这里。我们每个人都知道这座城堡的一部分，也都有自己的秘密通道。"说着达戈贝托向两人身边凑了上去，闻了闻。"奇怪呀，你们身上并没有下水道的臭味。"

"为什么我们身上应该有臭味？"

小男孩哼了一声说："既然你们不是和我一伙的，那就应该是属于下水道之贼了。"

"下水道之贼？那你们叫什么？"

"屋顶之精灵。"小男孩回答说。

朱莉娅并没有想要深入讨论这个名字的意思，她问："那这样说来你是一个小偷？"

"五年了。"

小女孩看着他的眼睛说："什么意思？"

"壁炉神父在五年之前教会我用绳子来爬墙，从那之后我就再也没有让他失望过。"

兄妹两人相互看了一眼："你是说……壁炉神父？"

"他是我们的头儿。现在该讲讲关于你们的事情了。"小男孩反过来问朱莉娅。

"我们刚才已经说过了，我们是普通的旅行者，到这里来是为了找一个人的。"

"旅行者？那你们是怎么进入城堡的？难道你们有通行证？"

"没有。"

"我不相信，不过不管怎么说，你们看上去不像是教会的人，而且你还是一个女孩。"达戈贝托看着朱莉娅说。

朱莉娅轻叹了一声，不知道该说什么好。

"我知道了！"小男孩说，"你们是商人的孩子，对吧？可是会是什么商人呢？胡椒商人？咖啡商人？奴隶商人？"

"我们是……"杰森想要说些什么，但是被朱莉娅用眼神阻止了。

"对了，"小男孩说，"如果说有人不愿意让别人知道身份的话，那就一定是丝绸商人了。"

"我们有我们的苦衷……"朱莉娅简单地应付了一句。

达戈贝托看着杰森的眼睛，试图猜测两人到这里来的真正目的。"你们刚才说你们是过来找人的？"

"是的。"朱莉娅说。

"现在法律规定晚上居民都不准出门，既然你们现在出门，就说明这件事情非常紧要……"

"可以这么说。"

"而你们又不认识这座城堡……"达戈贝托站起身来，来回地走了几步，"也就是说你们需要有人来给你们带路！而我正好对这里比较熟悉。"

朱莉娅对这样的说话方式感到非常不快。

"但是你们又怎么说服我来帮助你们呢？"

"拜托！"杰森说，"你不觉得这样会很刺激吗？"

"我到这里来可不是为了寻找刺激的。"达戈贝托说，"晚上是我工作的时间，而工作总该有报酬吧。"

"那如果想请你帮助我们的话，你想要什么报酬呢？"朱莉娅问道。

"你们有钱吗？"

"即使有钱的话似乎也不应该告诉一个小偷吧。"

"是的，不过在我看来你们身无分文。"

朱莉娅看着杰森，杰森说："那你想怎么样呢？"

达戈贝托又走了两步，然后说："没有钱……也没有珠宝……"然后他装作在思考的样子，"那这样吧，你们把手里的那本黑色笔记本给我作交换好了。"

朱莉娅下意识地抓紧了笔记本。"这个不行，这个我们没法给你。"

小男孩朝外面放下去了一根绳子："太遗憾了，这样看来我只有对你们说再见了……"

"等一下！"杰森叫住了他，"这本笔记本不是我们的，而是我们的

一个朋友的东西，如果他知道我们把它弄丢了的话一定会很生气的。不过我想……我们可以让你看一下。"

达戈贝托一只脚已经跨了出去，然后他想了一下，说："成交，告诉我你们在找谁吧。"

杰森看了一眼朱莉娅，示意她继续说下去。

"布莱克·沃卡诺。"朱莉娅没好气地说。

"布莱克·沃卡诺？"小男孩重复了一遍，"布莱克……"

"你知道吗？"

"说得再详细一点。也许他还有其他名字也说不定。"

"说实话我们知道的也不是太多。"杰森说，"他应该是一个比较高大的人，留着大胡子，在这里生活了几年了。"

"这样的人在这里有许多呢。"

"他喜欢和火打交道，还有机器或者机械啊什么的，他以前是一个火车司机。"

"这样说来他是一个……打铁匠？"

"差不多吧，不过他做的都是一些大家伙。"

"而且这个人比较好色……"朱莉娅略带尴尬地补充说。

小男孩扳着手指一一重复了一遍："高大，有大胡子，喜欢和火打交道，会打铁，喜欢女人，可是只有这些资料的话要找到一个人还是非常困难啊。"

"钥匙。"朱莉娅继续补充说，"他应该和一些钥匙有关系。"

这时达戈贝托的眼睛亮了起来。"对了，我知道了！走吧，我知道要去哪里。"

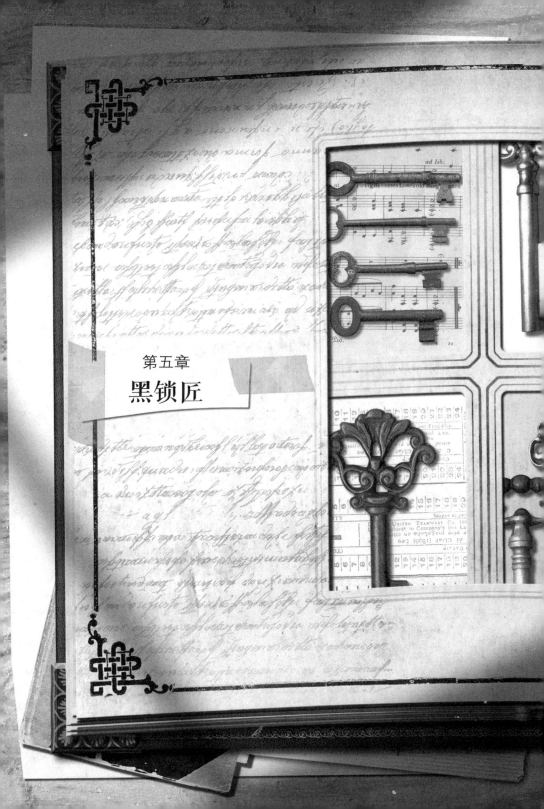

第五章

黑锁匠

达戈贝托一边带路，一边对杰森和朱莉娅讲述这里的一些传闻："据说在很久以前，下水道之贼的首领和屋顶精灵的首领是很好的朋友，因此尽管两个团体之间经常会有一些小摩擦，但是他们的住所总是挨得很近。"

"后来他们吵架了？"杰森一边努力使自己不致落后，一边问道。

"那也是很久之前的事情了，"小男孩回答说，"我想应该是为了神父的关系。"

"你是指杰尼神父？"

"还能有谁？是他在操纵着整个城市。"

杰森和朱莉娅回想起了他们在尤利西斯·摩尔的笔记本上读到的关于杰尼神父的一些描述：他们知道杰尼神父统治整个王国，在那里有着数不尽的财宝，还包括有一口神奇的喷泉，它的泉水能够使人长生不老。

"他是怎么样的一个人呢？"

"有谁见过他呢？"

"你是说他从不在别人眼前露面？"

"我是说压根儿就没有人知道他住在哪里。"

三人就这样一路聊着，来到了一扇不起眼的拱门前面，小男孩带头走了进去，杰森和朱莉娅也紧跟着走了进去，接着穿过阶梯，来到通向下层的道路。

"有人说他是一个肮脏的老头，也有人说他是一个强壮的骑士，还有人认为其实他早就已经死掉了，只不过是议事会的那些人在利用他的名声掌控整座城市而已。"

"那你是怎么想的呢？"朱莉娅问道。

"我觉得杰尼神父还活着，也许他正在某个地方嘲笑着我们之间的闹剧呢。"

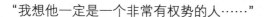

"我想他一定是一个非常有权势的人……"

"当然，不然为什么所有的人都会遵守他定下的那些奇怪规定呢？"这时达戈贝托突然停下了脚步，并且示意兄妹两人不要出声。三人躲到墙壁的后面，然后小男孩探头张望了一下说："有士兵！"

小男孩没有丝毫犹豫，立刻回头沿着他们进来的道路走了出去，穿过了一条大马路，然后躲到一座大象雕像的后面。

三个人紧紧地挤在一起，大气都不敢喘一下，一直等待听到士兵的脚步声走远。

朱莉娅的双手始终紧紧地压在尤利西斯的笔记本上。

在士兵们走远之后，达戈贝托重新走回刚才的那条道路，向着下面的城镇走去。

"还有很远吗？"杰森问。

"不很远了，不过……"小男孩指了指夜空，"希望黑锁匠还未睡觉。"

"为什么他叫这个名字？"

"因为钥匙，在他那里有许许多多各式各样的钥匙。"

"那我想这个人正是我们要找的人。"杰森说着转向他的妹妹。

达戈贝托来到了一扇大木门前面，看了看门牌上的名字，然后推门走了进去，里面是一条盘旋向下的阶梯，而整条通道就是直接在岩石上凿出来的。

"为什么这里所有的门都没有上锁？"朱莉娅惊讶地发现。

"是的。"小男孩说："这也是杰尼神父的命令：禁止使用锁和钥匙。"

确实，在这之前兄妹两人遇到的门都是敞开着的。

"现在我知道为什么有那么多小偷了……"

"这可是一种很危险的职业。"

朱莉娅和达戈贝托两人肩并着肩走在杰森的前面。

"而且还是一种违法的职业。"

"不过盗贼之间也有他们内部的规矩。"

"比如说呢？"

"比如我们团体负责周边，而下水道之贼他们负责里边。"

"这算什么规矩？"朱莉娅问道。

小男孩用手指简单地比画了一下说："也就是说，如果这个是城堡的话，对于屋顶精灵来说他们只能通过攀爬外墙，飞檐走壁来行动，而对于下水道之贼来说，他们则通过各条下水道来行动。"

在拐过另一道弯之后，三个孩子的面前出现了一条栅栏，在他们的头上，一支火炬正发出忽明忽暗的光芒，隐约照出了那后面在石头上凿出的一条通道。

"我们到了。"达戈贝托说。

"我敢打赌这里也没有上锁。"杰森说着尝试去推动栅栏。

小男孩伸手制止了杰森，然后他来到了栅栏的旁边，拉了拉一根绳子，这时从通道深处传来了一阵铃铛的响声。

"最好还是先征得主人的同意。"达戈贝托说。

不一会儿，安装在栅栏边上的一串铃铛也响了几下，似乎是得到了主人的允许，达戈贝托这才推开栅栏走了进去。

当杰森走过朱莉娅的身边时，他的妹妹拉了他一把。"你觉得这样安全吗？"朱莉娅轻声问他。

栅栏上高高竖起的根根铁杆仿佛是监狱里的牢门一般，在那后面的昏暗通道更加令人感到惴惴不安，达戈贝托和之前一样，径直走了进去，并没有停下来等待两人。

"我们有其他的选择吗？"杰森反问道。

"不过我们两个人不要分开。"

"当然。"

在拐过了一个弯之后，狭窄的通道渐渐地变得宽敞起来，最后三人来到了一个狭长的大厅里，整个大厅也是在岩石上凿出来的，而且大厅的尽头并没有墙壁，而是直接与大峡谷连通，可以看得到远处的山脉和星空。在尽头不远的几把椅子上栖息着数十只白色的猫头鹰，它们的眼睛阴森森地注视着这三个孩子。房间的顶上用铁丝布置成网状，铁丝顺着墙壁一直垂到地上，在上面挂着一些小凳子。同时在大厅里还有一盏巨大的烛台，上面点着将近二十支蜡烛，溶化后的蜡烛不断地往下滴，已经形成了形同钟乳石般的蜡柱。

黑锁匠就坐在那个烛台的边上，在他的身下是一把巨大的靠背椅子，而在他的身前是一张木质的长桌，桌子上杂乱地放着十来把钥匙，在大厅的各处墙上，零零散散地还挂着许多形状各异的钥匙。

整个大厅里充满了一种诡异的气氛，令人感觉不安。

"是谁那么晚了还来打扰我黑锁匠啊？"坐着的那个男人用低沉而有力的声音问道。

小男孩举起手来向他打了个招呼。"你好，巴尔塔扎，我叫达戈贝托，是屋顶精灵。"

那个男人重重地放下了手上正在制作的钥匙，发出一声巨响，一只猫头鹰被吓得从椅子上跳了起来，飞出了大厅。

"屋顶精灵的成员？"巴尔塔扎说着站起身来，"走过来一点，让我看一下。"

　　杰森和朱莉娅的眼中充满了失望，因为眼前的这个大汉确实不太可能是布莱克·沃卡诺。

　　巴尔塔扎的确是一个强壮而又高大的男人，灰色的长发扎成了两个小辫子，留着长长的大胡子，有着深陷的眼窝和如同弯刀一般的鼻子。

　　那个男人仔细地打量着达戈贝托，他的眼神看起来似乎正想着是否应该将这个男孩撕碎之后喂他的那些猫头鹰，但幸运的是他改变了主意，他转向杰森和朱莉娅问道："那你们两个呢？"

　　"他们是我的朋友。"小男孩抢先回答说。

　　"走近一点。"黑锁匠用命令的口吻说。

　　杰森一边走近，一边试图将眼前这个巨人的形象比作基穆尔科夫的火车司机，但是无论从哪一点看，似乎都不太可能，而朱莉娅则更加极端，她觉得他们此刻已经陷入一个陷阱中了。

　　两人就这样站到了桌子的对面，桌子上积满了厚厚的一层蜡，上面放着许多不同形状大小的钥匙和制作钥匙的工具。巴尔塔扎似乎并没有请三人入座的意思，事实上在整个石洞里除了他自己的那把铺有破布的椅子之外，也没有其他可以入座的地方。

　　这个满脸大胡子的壮汉脸上挤出了一丝笑容，对着小男孩说："那么请问屋顶精灵的使者，你带着你的朋友来我这里有什么事情？"

　　达戈贝托指了指兄妹两人说："因为他们正在找一个人，而我立刻就想到了这个人可能会是你。"

　　"我？"巴尔塔扎笑了起来，这令杰森兄妹两人感到更加恐怖。"为什么是我？"

　　"事实上我们也觉得可能是搞错了……"朱莉娅轻声说："我想我们

应该为那么晚还来打扰您致歉，我们马上就会离开的。"

"等一下！不用那么急！"巴尔塔扎大声说，吓得两只猫头鹰不安地扇动着翅膀，"你们在找的人是谁？"

"一个男人，长着大胡子，喜欢和火、钥匙打交道，还非常好色。"虽然朱莉娅拼命用眼神试图阻止他，但达戈贝托依然说了出来。

这时巴尔塔扎又爆发出一阵大笑。

"我敢向上帝发誓，这个人真的就是我！"大汉笑着捋了捋自己的大胡子，然后看着桌子对面的两个孩子。

"你不是布莱克·沃卡诺。"杰森直截了当地说道。

巴尔塔扎的眼睛转了一圈，然后盯着杰森说："不是，我不是你说的那个人，我的名字叫巴尔塔扎，其他人叫我黑锁匠，因为我专门负责帮别人拆除各种各样的锁，"说着他指了指桌子上各式各样的钥匙，"然后我会把这些锁和钥匙卖给那些有需要的人，尽管现在这里已经禁止用锁了。"

"很好，我想我们现在可以走了。"朱莉娅说。

"你那么急着离开干什么，我亲爱的小女孩？"巴尔塔扎揶揄朱莉娅，然后坐回自己的位子，调整了一下姿势，捋了捋胡子。"让我想一下……你有没有问过你们的首领？"他转向达戈贝托。

"现在是晚上，我不能去打扰他。"

"你们找这个人很急吗？"

"非常紧急。"杰森的嘴里一下子就蹦出了这四个字。

朱莉娅担心地咳嗽了一声，然后说："我的哥哥总是这样急性子。我觉得……如果能够见到他的话……当然是最好的，不过……"

黑锁匠大手一伸，先指了指杰森，然后又指了指朱莉娅，说："快说，到底是急还是不急？"

"这有什么关系吗？"朱莉娅鼓足勇气反问道。

巴尔塔扎向前拖了一下椅子，发出刺耳的声音，然后说："当然有区别，小姑娘！如果说不是非常着急的话，你们可以等到明天白天的时候再找，那时候天比较亮，这样应该会容易一些，而如果非常紧急的话……我可以出钱收买一个或许能够帮助你们的人，又或者我可以拜托我的一些习惯于夜行的朋友。"

说完这些话后，他身后的那些猫头鹰高兴地拍动着翅膀，似乎非常兴奋。

杰森笑了一笑说："看呀，它们和镜屋里的那些猫头鹰很像。"

"你说什么？"巴尔塔扎问道。

"没什么。"朱莉娅说，"不管怎么说，我们不认为……"

"我是说你的这些猫头鹰和我在我的一个朋友家里见到的那些很像。"杰森似乎对于妹妹总是打断他的话感到有些不满，"不过话说回来，也不能完全算是我们的朋友，而是我们正在寻找的人的朋友——一个名叫彼得·德多路士的钟表匠。"

巴尔塔扎拍了拍前额，比画着说："是不是一个大约这么高的小个子，眼睛上还戴着两个铁圈圈……和这个差不多？"说着他从桌子下面找出了一副眼镜，就和基穆尔科夫的钟表匠常戴的眼镜一模一样。

"这是……彼得的眼镜！"杰森立即叫出声来。

巴尔塔扎一下子从椅子上蹦了起来，吓了三个孩子一大跳，然后说："这太棒了！那你们一定也认识皮耶德罗修士，这可真是太神奇了！看看我和他一起制造了些什么……"说着他弯下腰，从桌子底下抽出了一根涂有油脂的铁丝，然后从桌子上随便拿了一把钥匙，将铁丝穿进了把手上的环中，随后用力猛地一拉，钥匙便顺着铁丝滑向了桌边，然后一直滑出了房间。

三个孩子就这样看着这把钥匙消失在黑夜中。

巴尔塔扎笑着说："稍等一下，马上就会有很有趣的事情发生了……看，它回来了！"顺着他手指的方向，孩子们看到那把钥匙"叮叮当当"地折回了房间，滑到了屋顶上张开着的那个铁丝网里，在上面绕了几圈之后又顺着一根铁丝滑了出来，最后顺利地套进了墙壁上固定着的一根铁钉里。

"自动钥匙分类机，由皮耶德罗修士发明，"巴尔塔扎得意地说，"巴尔塔扎黑锁匠制造。"

杰森和朱莉娅激动地对视了一眼，显然这个小机关带有彼得的影子。

看到几个人之间似乎找到了共同话题，达戈贝托满意地搓着双手。而这时巴尔塔扎却突然板下了脸，将一只脚放在自己的保险柜上说："等一下，你们这次过来该不会是……来向我要最后一笔钱的吧？"

杰森和朱莉娅连忙摇头说："钱？不，不是的。"

巴尔塔扎的脸色又恢复了常态。"嗯，这样很好，对了，皮耶德罗现在怎么样了？还有……等等……那个他的朋友叫什么来着？就是那个一直戴着帽子的……"

"一只眼睛上蒙着绷带？"杰森问道，脑子里想到了伦纳德·米纳索。

巴尔塔扎摇了摇头说："不是，如果我没有记错的话，他的眼睛上没有绷带，不过我遇见他已经是好几年之前的事情了，你们刚进来的时候我还以为可能是他的孩子呢。啊！对了！尤利西斯！我想起来了，他叫尤利西斯！你们认识吗？"

第六章

马里埃先生的档案柜

相框上有一块金色的铭牌，上面刻着一个人的名字：乌索·马里埃。

照片上的男子头发油光闪亮，梳理得整整齐齐，脸上带着迷人的微笑。他身着笔挺的西装，简约而又精致的领带系在脖子上，深色的西裤与当时的场合非常吻合，乌索·马里埃永远也不会忘记那一天：他就任基穆尔科夫学校校长的日子。

看着自己当时那志得意满的样子，校长不禁感到一丝欣慰。

"我可不希望给我的儿子取一个像约翰、史密斯这样大众化的名字。"在他很小的时候，他的爸爸总是这样对别人说："这孩子将来一定会成为一个重要人物的。"为了显示他的与众不同，他的父亲给他起了这样一个少见的名字。

如今乌索·马里埃已经六十岁了，他全身放松地靠在那张真皮转椅的靠背上，手里拿着铅笔，看着书桌上排放得整整齐齐的照片，欣赏着墙壁上挂着的奖状——这就是他的办公室，一个重要人物的办公室，在这里随处可见刻有他名字的物品。

几年了？十年？十二年？二十年？

他自己也记得不太清楚了。

他笑了一笑，然后打了个哈欠，伸了伸懒腰，虽然感到很累，但是却非常满足。今天一整天他都在学校里整理着所有教师的档案以及拟订下一个年度的计划，一个下午就这样在这些文件中过去了，现在时候已经不早了，也许他应该去盐之步行者餐厅吃点什么东西。

然后呢？

也许他可以考虑去鲍恩医生的家里和他聊聊天，或者可以把自己一个人关在家里什么事情都不做，不过一想到偌大的一栋房子里，只有自己一个人，而所有的窗户都关着，不时地会听到从浴室里传来滴滴答答的水滴声，这些就会让他感到非常孤独。

这也是为什么乌索·马里埃只要有时间，总是宁愿待在自己的办公室里的原因。

他将椅子向后推了一点，目光落在书桌最下面的一个抽屉上，打开之后，他取出了一个上面画有一只甲虫的盒子，里面装有今天他从科文德兄妹两人那里没收来的物品。他打开了盒子，仔细地查看了一遍里面的东西，目光最后落在一张烧掉一半的照片上。他拿起照片看了好一会儿，心里不断地问自己：这两个孩子怎么会有这样一张照片呢？

照片上站在彼得·德多路士边上的是伦纳德·米纳索，时间应该是在他发生事故之前，两人一起站在灯塔的前面，除此之外就再也没有什么特别的地方了。

"彼得和伦纳德……"校长自言自语说，"要是我没有记错的话，这两个人可是老同学了。"

他将照片侧过来对着灯光，似乎发现了什么奇怪的东西。他将照片放在桌面上，从抽屉里取出了一面放大镜，对着照片上伦纳德·米纳索的脸仔细地观察，丝毫不放过任何一个细节，当他将焦点对准了伦纳德的肩膀时，他停下了。

在伦纳德的右肩上搭着一只手，这只手是从伦纳德的身后伸出来的，因此显然不属于彼得·德多路士，这么说来在灯塔管理员的身边应该还有一个人，而这个人所在的地方恰巧已经被烧焦了。

校长取出一把小剪刀和一些夹子，将照片因为被烧焦而支离破碎的部分平摊在桌子上，试图将它重新拼接起来，希望能够找到这个神秘人的一些蛛丝马迹。这个发现让他感到非常兴奋，仿佛又回到了童年时玩的侦探游戏中。

在费了一些周折之后，虽然不是非常清楚，但是他大致上能够知道

这个神秘人比伦纳德·米纳索矮一些，但是比彼得·德多路士高一些。

"啊，啊！"乌索·马里埃似乎非常满足于他所得到的一些小小的进展，"果然这里还有一个人。"

这时校长突然想起来——他在几年前好像见到过一张类似的照片，不过这一切都要归功于沃尔特·盖茨先生——他的前任者，正是由于盖茨的决定，所有基穆尔科夫的重要照片才会保留在校长室的文件柜里，当时盖茨只是希望有一天这些照片能够在博物馆里展出。

"难道只是一个巧合？"他自问道，一边将放大镜放在桌子上，一边推开椅子站起身来。

校长来到了办公室的后面，按了一个开关，这时边上的一盏小灯亮了，正好照亮了紧靠着墙壁的一个木质的大柜，它的高度足有两米，而宽度更是超过六米。

柜子上面分布着许多个大小相同的小抽屉，每个抽屉上都贴着铭牌，铭牌上分别刻着各个年份，校长凭着记忆不费周折地找到了最老的几个抽屉，然后打开了上面贴着"1963—1968"铭牌的那个抽屉，朝里面看了一下，他觉得似乎不对，于是关上这个抽屉，并且打开了"1957—1962"的抽屉。

抽屉里一共放着五个活页夹，每一个代表了一年，校长小心翼翼地取出了"1957"那个活页夹，将它放在自己的书桌上，然后打开封面。

封面的内侧写着那一年唯一一个班级所有学生的名字，而在学生名字的下面是老师的签名，上面赫然写着：斯特拉小姐。

"时间过得可真快呀……"校长看到这个名字，想到五十年后的今天斯特拉老师依然在这里工作时不禁唏嘘不已。

校长将写在上面的十二个名字——读了出来：赫利斯坦内斯查·比

格斯（结业），十二岁；菲尼克斯·史密斯、弗娜·吉格斯、马克·麦奎因特、玛丽·赫露、玛丽·伊丽莎白·福瑞斯、彼得·桑德，十一岁；维克多·沃卡诺和约翰·鲍恩，十岁；伦纳德·米纳索；海伦·赫露，七岁；彼得·德多路士，六岁。

　　校长一边拿着这一页，一边在文档里开始寻找当时的班级集体照，那是于1957年6月在乌龟花园拍摄的。找到了，这就是年轻时的斯特拉小姐，在她的左边十二个学生，身穿灰色的校服整齐地排列着，而在队伍的最左边……

　　"在这里！"校长一边说着，一边拿起桌子上的放大镜。

　　从照片上来看，个子最小的那个一定就是彼得·德多路士了，而在他身边的那个应该就是赫利斯坦内斯查·比格斯了，很难想象当时作为唯一一个没有顺利毕业的学生现在竟然在他乡做老师……照片上彼得和她两个人手牵着手。

　　在彼得的右边是一个略微有点肥胖的小男孩，这个人就是年少时的沃卡诺了，他的眼睛一刻都没有离开过彼得和比格斯牵在一起的双手。

　　在边上站着的是年轻时的菲尼克斯神父，他的变化可真大，校长几乎都认不出来了，而搭着他肩膀的那个就是伦纳德·米纳索。

　　"看，这个神秘人也在这里！"这时校长兴奋地叫了起来。

　　事实上，如果仔细观察的话，在伦纳德的肩膀上还搭着另一个人的手，就在照片的边缘部分，那个人并没有穿灰色的校服，而是穿着一件白衬衫，下面是一条短裤。

　　"看来我的记性还不错……"校长得意扬扬地将两张照片放到了一起来做比对。

　　他将那张班级集体照翻转过来查看背面的签名。十三个名字！怎么会多一个？

校长拿起铅笔，对照着刚才班级的名单——校对。

"内斯特……"当他最终找到这个多出来的签名时，还是感到一丝惊讶，"他怎么会在这张照片里的？"

第七章

不速之客

杰森有生以来第一次使用石头地图：因为巴尔塔扎给他们提供了一条线索，他用钥匙在一块石板上刻下了通往法莱纳修士的植物园的道路。

三个孩子穿过了一道拱门，天空中的明月洒下了银白色的光芒，为他们照亮了道路，在拱门之后是一个花园，四周的围墙上爬满了常春藤，一道悬挂着的绳梯连接着后面的一扇小门，打开小门之后，孩子们进入了一片橄榄树园。

"到了橄榄树园之后，左手边的第四扇门。"杰森看着刻在石头上的文字念道，然后他把石头扔在了地上，"我们终于找到了！"

石头掉在地上发出"咚"的一声闷响，达戈贝托着实被吓了一大跳。

"不要再做这种傻事了，可以吗？"四周一片寂静，达戈贝托警告了杰森一句。

根据石板上的描述，众人来到了第四扇门前，发现里面是一个大厅，而大厅在里面则连接着一间屋子，里面可以看到昏暗的烛光。

"法莱纳修士？"达戈贝托在门外问道，"里面有人吗？"

"进来吧，快进来吧……"从屋子里传出了一个声音。

杰森和达戈贝托两人走了进去，朱莉娅手上拿着从黑锁匠那里要来的一把火炬站在原地没有动。"你和他去吧，我在这里等你们。"她似乎依然不是非常放心。

朱莉娅在橄榄树园里找了一块大石头坐下来等着两个人，她听到杰森和达戈贝托的脚步声正在逐渐向里走去。

"嘘！"这时一个细微的声音引起了朱莉娅的注意。

小女孩举起火炬照向四周，但是并没有看到任何人。

"嘘！"又传来了这个声音。

这次小女孩吓得从石头上跳了起来。"是谁？"她轻声地问，"是谁在说话？有人吗？"

"在这里！"那个声音回答说。

"哪里？"

"地上！你往前走一点！"

朱莉娅站在原地并没有移动：四周除了杂草、橄榄树、长满了常春藤的围墙、天上的星星外，她看不到任何人影。火炬在她的手里依然安静地燃烧着。

"我看不见你，你先出来吧。"她说。

"我也希望能够出来，但是不行啊。"那个略显苍老的声音说道，"我就在你的脚下。"

朱莉娅循着声音找去，看到在离她几步远的地方，墙上有一根排水管道一直通到地下，而那个声音就是从那根管道里面传出来的。

小女孩走到下水道的铁网前，不禁吓了一大跳：两只眼睛正直勾勾地盯着她看。

"你是谁？"朱莉娅蹲下身来问道。

"我叫利戈贝托，是下水道之贼的一员，我虽然不知道达戈贝托对你们说了些什么，"说着他从地上的铁网里勉强伸出了一根手指比画着，"不过你们千万不要相信他，这个家伙年纪虽小，可已经是一个吹牛专家了。"

"我为什么要相信你说的话呢？"

"因为我说的都是事实！"利戈贝托说着突然止住了谈话，"他们来了！"他一下子就消失在下水道里。

朱莉娅回过头来，看见达戈贝托和杰森正从里面走出来，而和他们

一起的还有一个人。

那是一个高高瘦瘦的女孩，她自我介绍说自己叫阿菲达，是法莱纳修士的助手。

"现在我的主人已经睡下了，"她说，"不过我想我知道你们要找的人是谁。"

"太棒了！"杰森说着，回头看了一眼他的妹妹。

"如果我没有记错的话，他住得离这里并不远……"阿菲达继续说道："不久之前他来这里找过法莱纳修士，接着他带走了主人以前的助手珍珍，从此之后主人似乎不是非常喜欢他了。"

"布莱克·沃卡诺……"杰森喃喃道，"真的是你吗？"

"在那之后法莱纳修士就选了我做他的助手了。"她继续解释说，"我们的工作主要是掌控和维护城市里所有的火炬，同时需要协调两部分人员：负责点亮的和负责熄灭的。这可不是一件很简单的事情，因为在某些节日里，规定某些区域的火炬必须是熄灭的而另一些区域的火炬则是要点亮的，而且平时还要把那些不亮的火炬替换掉……就是诸如此类的工作。"

在女孩说话的时候，达戈贝托在四周转了一圈，他的直觉告诉他应该保持警惕，而且不能够在这里逗留太长的时间。

"就我所知……"阿菲达继续说道："珍珍和你们的那个朋友现在主要从事节日烟火的发明和制作。"

"是的，不会错的，那一定就是他了！"杰森叫了起来。

"那他住在哪里呢？"

"他应该在雷鸣之实验室。"阿菲达回答说。这时从房间里传出了法莱纳修士的声音，接着那个女孩便消失在门后。

三人就这样站在星空下。

"你认识这个地方吗？"兄妹两人问达戈贝托。

"不是很清楚。"小男孩说道，"不过可能在你们的那本笔记本上有记载……"

朱莉娅将手上的火炬递给了杰森，然后从口袋里掏出了那本笔记本开始翻了起来。"百鸟园、谎言广场、灰色舞蹈之屋、吼叫之楼、永恒青春之泉、还有……"

在听到了这些名字之后，达戈贝托的眼睛都亮了，他不由自主地伸手去拿那本笔记本，但是杰森阻止了他。

"一个一个来，"杰森挡在达戈贝托和朱莉娅之间，"你先帮我们找到我们的朋友，然后我们就给你看这本笔记本。"

"你们不理解这些名字的意义。"达戈贝托低声说，"在那本笔记本上标明了通向永恒青春之泉的路径！"

"我可不觉得你现在非常需要这些泉水。"杰森对他说。

"雷鸣之实验室！"在翻到最后几页时，朱莉娅终于找到了这个地方。

第八章

忏悔

CornWhales

KILMORE COVE NEWS   CORNWALL

Do thou Great LIBERTY infpire our Souls—And make even our Deaths glorious in thy juft Defence.

VOL. IV.)   THURSDAY   (NUMB. 179.

MERCURY MALCOM MOORE IS DEAD!

THE OWNER OF VILLA ARGO

格温达琳·米恩诺芙从忏悔室里平静地走了出来，"谢谢你，菲尼克斯神父。"她说，"再见。"

在走了两步之后，格温达琳又回过头来补充说："对了，我的妈妈也向您问好。"

这时，菲尼克斯神父微笑着从门帘的后面走了出来。

看见了菲尼克斯神父，格温达琳感到一丝欣慰，似乎在此之前，她对于门帘之后是不是神父本人而觉得不安。

"再次感谢您，神父。"

"不客气。"神父慈祥地对着理发师点了点头，然后将她从侧门送出了教堂，等到格温达琳走远之后，他才关上教堂的门，若有所思。

格温达琳刚才所说的话令他内心深处感到了一丝担忧：她似乎又唤醒了神父记忆里那沉睡已久的片段。

是他十岁的那年。

那个夏天。

那个难忘的夏天。

菲尼克斯神父一言不发地沿着教堂的内墙走了一圈，一盏一盏地关上了所有的灯。随着最后一盏灯熄灭，夜色笼罩在整个教堂里，保护着里面的神灵的画像和祭坛，月光透过雕花玻璃窗照了进来，在地上投下了奇特的影子。

菲尼克斯神父在胸前画了一个十字，然后走到了主祭台后面。在那个已经有六十年历史的木质唱诗台的边上有一扇小门，通向祈祷室。里面亮着的一盏耀眼的白炽灯照亮了房间四周的墙壁，这盏灯是鲍恩医生在圣诞节的时候捐赠给教堂的，不过对于神父来说，他还是觉得去年鲍恩太太和镇上的其他居民一起买来送给教堂的那些放在耶稣雕塑上面的灯比较好一些。

这些人就是他在这里的信徒，基本上都是一些比较单纯和善良的人，菲尼克斯神父对于他们的了解比其他任何人都多，这包括他们的优点，也包括他们的缺点和他们曾经犯下的错误。

也许正因为如此，居民们总是特别信任菲尼克斯神父，毕竟神父本人也出生在基穆尔科夫，在他完成了必修的学业之后才开始在教堂里任职。

神父在最后检查了一遍教堂的一切之后便走了出来。差不多是该回家的时间了，他希望家里的女佣能够将准备好的食物都盖好，这样它们不至于在自己到家的时候都凉掉。和每一个晚上一样，神父先沿着海边的堤岸转了一圈，看着沙滩上的海鸥飞来飞去，时间已经不早，天上的星星点缀在夜色里。

和往常一样，神父深深地吸了一口气，不过这次他觉得有什么东西重重地压在胸口。

他自己非常清楚。

这是格温达琳刚才告诉他的关于阿尔戈山庄的事情所引起的。

菲尼克斯神父在家门口一边寻找着钥匙，一边仍然想着阿尔戈山庄。他第一次去那里是什么时候的事情了……五十年前？

"至少已经过去五十年了，老朋友。"他自言自语地说。

菲尼克斯神父来到厨房里，看到在汤碗上盖着一个碟子，他打开水龙头用冷水洗了洗手（事实上他的家里根本就没有安装热水器），然后坐到了餐桌边。

"五十年了……"汤依然是热的，菲尼克斯神父用汤勺在里面搅拌了一下。

五十年了，一切都没有改变，悬崖上的那个山庄依然一刻不得安宁。奥利维亚想要独占那些秘密，而尤利西斯则保护着它。

人是多么固执的一种动物啊！现在看来这已经不是一场好人与坏人之间的斗争了，因为今天在保护着这些秘密的人们在当时又何尝不是想尽办法去发掘它呢？

而且在这其中就有他自己，只不过当时他还没有"神父"的头衔而已，他依然记得以前他们是如何戏弄维克多·沃卡诺让他掉进乌龟花园的井里，每次维克多·沃卡诺总是被弄得灰头土脸，也因此而得到了布莱克·沃卡诺的名字，他还记得当他们第一次找到隧道里的那节车厢和第一次找到地下墓地的入口时兴奋的感觉。

对了，还有那艘岩洞里的船。

那艘奥利维亚·牛顿千方百计都要见到的船只。

菲尼克斯神父用餐布擦了擦嘴角，将汤碗轻轻地放进洗碗槽中，然后他来到客厅里。墙上挂着一幅镶有银色镜框的合照，借助摄影技术，许多美好的瞬间都能够被永远地固定下来。"应该有人将这里以前发生过的事情告诉山庄的新主人……"神父说，"还有那两个孩子。"

作为一名神父，菲尼克斯神父知道许多不为人所知的事情，虽然他不能够将这些事情告诉别人，但是他自己却时而会想起：前一天小班纳到他这里来打听关于基穆尔科夫的墓地和摩尔家族墓地的事情，而今天格温达琳·米恩诺芙又过来对他说了关于进入阿尔戈山庄的不速之客的事情，这些事情让菲尼克斯神父想到了乌龟花园，想到了所有的秘密。

他觉得一场暴风雨即将来临。

菲尼克斯神父弯下腰，打开了家里唯一一件最珍贵家具的最下层抽屉，从中取出了一本相册，这里面是他多年来收集到的所有报纸上关于基穆尔科夫的照片和文章，报纸是《康沃尔时报》，用斜体字写成，版面背景是一条鲸鱼的轮廓，每一期的发行量不到一千份，而且在70年代之前它只在南部的一些沿海小城发行，在此之后没多久报社就结业了。而菲尼克斯神父之前曾经有几篇文章登在这份报纸上，他总是将基穆尔科夫的一些重要事情记录下来，然后配上照片。

在《康沃尔时报》的最后几期里曾经提到过阿尔戈山庄，文章讲的是关于马奇瑞·马克·摩尔之死，并称他为"大不列颠帝国勇敢的战士"和"阿尔戈山庄的主人"。

"真是够能吹的……"菲尼克斯神父心里想，不管怎么说，他始终觉得这个人不能给人一种亲切感。

在下一页，记录的是1977年尤利西斯和珀罗珀的婚礼，边上还有一张已经泛黄的照片，两人所处的墨提斯号的那个洞穴里挂着白色的婚纱，别具一格。

菲尼克斯神父一边看着照片，一边自问："怎么可能，珀罗珀？为什么是她？"

再翻到后一页，菲尼克斯神父几乎一下子从椅子上跳了起来，他看到了帕特利茜亚·班纳。

这就是瑞克·班纳的母亲。

这张照片是在她的丈夫葬礼上拍摄的，她的衣着非常庄重，这加重了当时严肃的气氛，没有人哭天喊地，现场只能听到海浪不断拍打盐崖壁的声音，夕阳斜下，染红了天空的云朵，夜晚，所有的基穆尔科夫村

民都自觉地点亮一支蜡烛，来怀念这个大海之子。

"天哪……"菲尼克斯神父站了起来，"天哪！"他又重复了一遍。

他拿起了那张照片仔细地端详了半天，双手开始发抖。

他深呼吸了一口气。

"天哪！"他再次重复了一遍。

帕特利茜亚·班纳，瑞克的母亲，在葬礼时她的脖子上挂着一把刻着三只乌龟的钥匙。

第九章

雷鸣之实验室

达戈贝托、杰森和朱莉娅来到了雷鸣之实验室，在实验室里，杰森拉动了一条绳子，很快无数的烟花燃起，紧接着大批的卫兵跑了过来，糟了！三个孩子要被抓住了！

雷鸣之实验室就坐落在小城最南端的一座四方塔里，从外面看起来，四方塔一点都不张扬，相反给人一种非常坚实的感觉，塔的一边就是山谷，而另一边是一片空地，上面布满了大小不一的坑，与周围其他的建筑都隔开了不少的距离。

"难道这里下面埋着地雷？"杰森看着地上的坑说。

"我觉得这里可能是烟花的试验场。"朱莉娅说。

"嗯，的确有这个可能……"

达戈贝托并没有要走上这片空地的意思，他那敏锐的鼻子已经嗅到了淡淡的火药味。"最好不要走上去，这里很不安全。"他说。

在空地的四周有一些矮墙将它围了起来，在这里他们找到了类似巴尔塔扎门前的那种绳子，通过中间有四根柱子支撑，一直连接到二十米开外的四方塔门前，看上去似乎更像是一根电话线。

"我去拉绳子通知他。"说着杰森拉了一下绳子。

在寂静的黑夜中，远处传来了一阵铃声，孩子们等了一会儿，然后又试着拉动了第二次，但是从塔那边没有传来任何回音。

"也许他们正在睡觉……"杰森又拉了一次绳子，"要不他们就是不在这里。"说着男孩放下了手中的绳子。"我突然想到了一件事情，"他转向了妹妹，"你还记得刚才我们碰见的那个脚穿运动鞋的男人吗？身边还有一个中国女人……"

朱莉娅点了点头，杰森又指了指四方塔。

"会不会是……"

"你是说……"

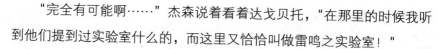

"完全有可能啊……"杰森说着看着达戈贝托，"在那里的时候我听到他们提到过实验室什么的，而这里又恰恰叫做雷鸣之实验室！"

"等等，等等：我一点都没有弄明白你们在说什么！"达戈贝托说。

"我们在说：也许刚才我们已经见过布莱克和珍珍了……但是我们都没有认出他们来。"杰森解释说。

朱莉娅双手抱着头说："这下不好了！他们是朝着另一个方向走的！"

"可是你们怎么会没有认出他们呢？"达戈贝托问。

"当时那个地方太黑了……"朱莉娅回答说。

"而当时我基本上是脑袋朝下被夹在花瓶的后面。"说着杰森指了指对面的四方塔，"而且即使他们现在在里面的话，我们不进去也见不到他们啊。"

"当时他们似乎急着去做什么事情一样……"朱莉娅回忆说，"而且他们也提到了陷阱啊什么的。"

"苍鹭、风口和兔子。"杰森补充说，然后一屁股坐了在地上。"我们居然让他们在我们的眼皮底下走开了。太难以置信了，我们都已经见到他们了。"

经过长时间的沉默之后，还是达戈贝托先开了口："不管怎么说，我已经按照约定带你们来到了你们要找的人这里。"

朱莉娅点了点头。

"而我们之间有一个约定。"小男孩依然不依不饶。

杰森双手托着脑袋，呆呆地看着眼前这片留有大量爆破痕迹的空地。"也许我们可以在这里等他们。"他说。

"我们可没有很多时间。"朱莉娅提醒他说。

"那我们试着进去吧，也许他们在里面睡得很沉，这样我们可以直接向他们解释清楚所有的事情……而且即使他们不在，我们也可以在里

面留一条消息给他们。"

朱莉娅看了看达戈贝托，他摇了摇头说："你们两个人真是疯了。"

朱莉娅将杰森从地上拉了起来。

"既然我们人已经来了……最好还是进去看一下吧。"

杰森抬起脚步准备跨过矮墙。

"在那里走路的话很不安全。"达戈贝托指着空地上随处可见的坑坑洼洼对杰森说。

杰森闻言，一只脚停了在半空中，一会儿他收了回来说："是啊，是啊。"

看着地上的那些爆炸残留下来的坑洞，杰森可不愿意自己像烟花一样地飞向空中。

"那你有什么好主意？"他问小男孩。

"我没有什么意见，如果你们坚持要进去的话，我就在这里等你们。"

"苍鹭、风口和兔子……"杰森自言自语说，"兔子喜欢挖坑，难道这里是指兔子陷阱？"

他的妹妹抓着他的手臂晃了几下。"为什么不能是苍鹭陷阱呢？你要是像烟花一样被炸上天去的话，那就跟苍鹭差不多了，因为都在飞嘛。"

"朱莉娅啊，如果你那么想体验飞的感觉的话……"杰森半开玩笑地说，"你可以回到山谷边上的高墙上去。"

"还有一个办法……"朱莉娅抬起头来，说道。

"你想试试吗？"过了一会儿之后，她转过头来对杰森说，"应该不会很难！"

杰森喘着粗气，他用尽全力沿着那根支撑着门口那根绳子的柱子向上攀爬，这可真够费劲的，杰森的双手和双脚紧紧地缠住柱子，如同一只螃蟹一般。

"把腿夹紧，向上！"朱莉娅继续说，"你平时都不运动吗？"

达戈贝托站在入口处的矮墙这里，手里拿着绳子的一端，摇了摇头。

在经过了千辛万苦之后，杰森终于爬到了柱子的顶端，他抓住了连接到第二根柱子之间的绳子，然后尝试着拉了一拉说："你们确定这东西真的够牢固？"

"当然！"朱莉娅向他保证说，之前她非常灵活地就爬上了第一根柱子，然后整个人悬空着吊在绳子上向下一根柱子进发，此时她已经来到了雷鸣之实验室的门前。

"你可别放手啊，知道吗？"杰森对着达戈贝托说，然后他一挺腰，两只脚也钩住了绳子，开始慢慢地沿着绳子爬向第二根柱子。尽管他现在离开地面不是很高，但是他也不愿意冒着飞上天空的危险去碰地上的任何东西。"难道真的就没有其他办法进去了吗？"他满腹牢骚。

"别多说了！"朱莉娅用略带责备的口吻说，"快点过来吧！"

说着小女孩回过头去研究那座塔的大门，正如她所预料的一样，门并没有上锁。

"等等我！"杰森好不容易爬到了第二根柱子这里，他可不愿意落在妹妹的后面。

朱莉娅打开大门向里面望了一眼。

"嘿！"她叫道，"屋里有人吗？"然后她回过头来对着她的哥哥说："这里只有一间小房间和一座楼梯。"

"是吗，知道了。"杰森看着眼前还剩下的最后一段距离，然后深深吸了一口气……

　　五分钟后，杰森终于来到了他妹妹的身边，在平复了自己急促的呼吸之后，他回过头来对着达戈贝托作了一个示意动作：我们五分钟后就出来！

　　雷鸣之实验室里面一片漆黑，空气中有着阵阵幽香。

　　这是熏衣草的香味，标明了这里住着一个女人。向上去的楼梯就在一间小房间里，里面仅有一个黑色木头做的大箱子和靠在墙壁上的一个烛台，上面积满了红色的蜡，在侧面有一扇小门，通向一个房间，从里面透出了微微的月光。

　　兄妹两人叫了几次布莱克·沃卡诺的名字，但是都没有人响应，于是他们决定摸索着打开边上的房门。

　　在房间里面放着一台巨大的机器，上面挂满了各种颜色的布料。

　　"这是什么东西啊？"杰森问道。

　　整台机器是由木头和金属做成的，看上去就像是一条恐龙的骨架一样，虽然月光透过窗户照射进来，但是两个孩子依然无法判断出这到底是什么机器。

　　"也许是台织布机吧。"朱莉娅想了一会儿后猜测说。

　　"织布机？"

　　"看，那里有羊毛线，在这个木架子上织布，然后穿过这里……应该是用来做面料或是地毯的，你明白了吗？"

　　"我想我没有明白，不过我相信你说的话。"

　　"我从来都没有看到过那么大的织布机，"朱莉娅又说，"而且还那么复杂。"

　　"我想这一定是'德多路士'牌织布机了。"杰森打趣说。

　　"完全有可能。"朱莉娅也赞同地点了点头。

　　看上去这间房间里并没有其他的出口了，于是两个孩子往回走，走到了阶梯前，在这里边上还有另外一扇门，不过他们并没有注意它，两人看着向上去的阶梯，却无法看清楚楼上的样子。

"如果要给他们留一条消息的话……"朱莉娅说，"我想在这里就可以了。"

"你有笔吗？"

"不，没有，我这里只有尤利西斯·摩尔的那本笔记本，也许我们可以……"朱莉娅想了想，还是摇了摇头，"我也不知道该怎么办。"

杰森一只脚已经踏上了第一级阶梯。

"这样会不会有危险？"他的妹妹提醒他说。

"这里会比阿尔戈山庄那些阶梯更危险？"杰森笑着说，然后掀起了上衣，露出了那条他摔倒时留下的伤痕。

"那么……那些陷阱呢？"

"我们只要注意就可以了。"杰森说着就跨上了第二级阶梯。

还是什么都没有发生。

然后是第三级阶梯。

什么都没有发生。

就这样，两人杰森在前，朱莉娅在后，每一次都是杰森先将一只脚轻轻地放在下一级阶梯上，等几秒钟，然后将身体的重心移到这只脚上，最后整个人才上去。他们走上了十级阶梯，而什么都没有发生。当杰森准备将脚放到第十一级阶梯上的时候，有什么东西阻止了他。

一阵冷风。

在楼梯上能够感觉到从墙壁那边吹过来一丝微微的冷风，要不是他小心翼翼地上楼，这么微弱的冷风着实不容易让人注意。

"有陷阱。"他说。

他伸手靠近墙壁来回移动，在尝试了几次之后他终于找到了一个小

孔，正好位于第十一级阶梯之上。

杰森的脑子里飞快地转动着应对的办法：用什么东西把这个孔给堵上？还是继续向上跨过这第十一级阶梯？

一边想着，杰森一边跨了一大步。

"看看这样……"他说。

他的脚直接踩在第十二级阶梯上，然后将重心移了上去。

木质的楼梯发出了"咯吱咯吱"的声音，不过并没有发生什么特别的情况。

"看吧！"杰森带着凯旋的口吻说，"这就是如何避开风口陷阱的方法，朱莉娅，不要踩那一级阶梯！"

他的妹妹一声不响，直接跨过了第十一级阶梯，来到了杰森的身边。

虽然之后还有四个同样的陷阱，不过均被两人一一避开了。

楼上有一个大房间，里面空无一人。壁炉里的炭块依然有着余热，而在远处角落的地上铺着一块皱巴巴的草垫，看上去似乎被人刚使用过。一块巨大的挂毯盖住了整整一面墙，而在另一面墙上有一扇窗户，透过窗户可以看到外面的山谷、塔前的空地和城镇里的屋顶。

"沃卡诺先生？"杰森一边叫着，一边走进了房间。

他踮起脚尖轻轻地走动，似乎这里已经没有其他的风口陷阱了。

"我想这里一个人都没有……"朱莉娅跟在杰森的身后说。

两人在屋子里小心地转了一圈，这里只有一张大桌子和一张藤椅，桌子就在壁炉的前面，桌上除了一支羽毛笔和一小瓶墨水之外就什么也没有了，而藤椅上明显留有一个胖子坐过的痕迹。整个房间就是这么简陋。

杰森来到了壁炉旁，看着里面的炭块。朱莉娅则站到窗边向外看去，不知何时达戈贝托已经不见了。

"他会去哪里了呢？"她自问道，然后将在法莱纳修士门口遇到另一个盗贼的事情对她的哥哥说了一遍。

"我也不知道，不过我们最好快一点留一张字条，然后离开这里。"

两个孩子来到了桌子边上，拿起了羽毛笔，将笔头在墨水里蘸了一下。

杰森看着这支笔问朱莉娅："你会用这种笔吗？"

"可以试一下，不管怎么说，我写的东西应该比你的略微好懂一点吧。"

"是啊是啊。"杰森有点不好意思地说，事实上他写的字连他自己都不一定认得。

朱莉娅从口袋里拿出了尤利西斯·摩尔的笔记本，然后撕下了一页空白纸。而小男孩又开始在房间里转了起来，他来到了草垫的边上，掀开上面铺着的毯子。

"什么都没有。"说着他将毯子放回了原处。

"你在找什么？"朱莉娅一边说，一边开始落笔，"尊敬的布莱克·沃卡诺先生……"

杰森马上就打断了她，"太正式了！亲爱的布莱克，"他建议道，"我们到这里来找过你了，但是你不在。"

朱莉娅一边听着杰森的话，一边飞快地在纸上留下了一道道墨水的痕迹。

"句号……"杰森说着，来到了挂毯的前面。

"不幸的是，"朱莉娅继续边说边写，"和我们一起过来的还有奥利维亚·牛顿……不过她已经被这里的兵抓住了。"

"还有曼弗雷德，"杰森补充说，他看着墙上的挂毯，挂毯上绣着一幅画：一名骑士放下了手中的枪，靠在一座小山丘旁休息，山丘上还有许多兔子。

朱莉娅写下了"抓住了"之后，自言自语地说："我可不认为布莱克会认识曼弗雷德，而且很可能他连我们是谁都不知道，最好还是加上一句：我们是杰森和朱莉娅，尤利西斯·摩尔的朋友，也是你的朋友……"

"我们来自伦敦，现在住在阿尔戈山庄，我们知道了你们之间所有关于钥匙的秘密……"杰森建议道，然后掀起了挂毯的一角。

"嗯，是的。"朱莉娅赞同地说，一边飞快地在纸上写着，"要不要把瑞克也写上去？"

"不不不……"杰森一边说着，一边向挂毯的后面张望。"嘿！"

朱莉娅吓了一大跳。"看你干的好事，害得我写错了。"

"没关系，过来看这里！"

"什么？"

"这里有一个盒子！"杰森叫道，在挂毯的后面确实有一个壁龛，"准确点说，不是一个盒子，而是一个壁龛。"

杰森伸手进去，指尖碰到了一根横贯左右的短绳。"里面有一根绳子！"他说。

"什么意思？"

"一根绳子。"杰森又摸了摸，说道，"在这块挂毯的后面的墙壁上有一个小方孔，方孔里面有一根绳子。"

"怎么会有绳子在里面？"朱莉娅继续问道，同时心里有一种不好的预感，"会不会是一个陷阱？"

月光从窗户照射进来，挂毯上的那个骑士留着小胡子，他的骑枪就放在边上，一匹战马在不远处吃草，而在他的另一侧是一座翠绿色的小山，为数众多的兔子在上面自由自在地嬉戏着，在下面则画有它们的巢穴……

"兔子陷阱。"朱莉娅喃喃道。

杰森轻轻地拉了一拉壁龛里面的那根绳子，只听到一声沉闷的"扑通"声。

"怎么回事？"杰森问道。

在第一次声响之后，很快又听到了第二声"扑通"，这次更加明显，紧接着是第三声。

窗外闪现了色彩斑斓的光线，橙色，绿色，接着又是蓝色。

"哦，不！"朱莉娅赶紧跑到窗边向外望去。

杰森立刻放下了手中的那根绳子。"这看上去好像是……"

第四声，这次声音非常清晰，伴随着白色和金色的光芒，然后渐渐变弱。

"烟花……"杰森说。

两个孩子靠在窗前，脑子里一片空白，不知道应该怎么办，这时整个雷鸣之实验室的周围洋溢着各种色彩，显得有些喜气洋洋。

几分钟后，只听到下面传来了嘈杂的人声，其中有人叫道："有入侵者！快点！不要让他们给跑了！"

第十章
阿尔戈山庄的新来客

<big>浴</big>缸里的热水一直漫到科文德先生的下巴，他的头向后仰着，呆呆地看着天花板，两只脚丫子有节奏地打着拍子。

不久之前他在海里救上来一个人，随后又被鲸鱼热情地浇了一身水，现在能够洗上一个热水澡对于他来说实在是至高无上的享受，他情不自禁地哼起了小曲，惬意地享受着这一刻的清闲。

科文德先生一回到家里，就脱下了身上所有的衣服，并且嘱咐他的妻子把这些衣服扔掉：他觉得无论他的妻子将这些衣服洗多少遍，一定还是无法去除掉上面的那股鱼腥味。

而现在，他躺在这个热水池里，整个人都快融化掉了。

终于能够洗上一个热水澡了。

他闭上双眼，尽力去忘记今天发生的那些离奇而又可笑的事情：先是唯一一条从基穆尔科夫通往外地的公路莫名其妙地被破坏掉，地上到处都是横七竖八的树干；然后是那位图书管理员小姐要出海，在他和霍默先生的共同努力下救起了灯塔管理员；接着是那条让人可气又可笑的鲸鱼的出现……

他睁开了眼睛：有人在敲门。

"你在里面吗？"他的妻子问道。

"是的，在浴缸里。"

这时他开始后悔没有把浴室的门反锁。科文德太太顶着那头新剪的发型走了进来。

"亲爱的，你的发型看上去真是太棒了……"他恭维着说，尽管他觉得太太的头发有点像一个头盔，不过为了能够让她尽快出去，他也只能这么做了。

他的妻子一言不发地看了看浴室，然后问道："你有没有注意到什么奇怪的事情？"

科文德先生看着他的太太，一般来说，女人在没有什么事情发生的时候，她的第六感总能够帮她找出一些……奇怪的情况来。

"你有点头晕？"

"我可没有发晕，你有没有看见孩子们？"

"没有，怎么了？"

"他们并没有在楼下，我一开始还以为他们会在房间里，但是……"

科文德先生挪动了一下两只脚。

"你洗好了没有？"她问道，丈夫的这个动作显然让她误会了。

"说实话……我还想在这里再放松一会儿。"

"我刚才已经去过阁楼了，"她又开口说话了，"那里一个人也没有，不过很奇怪的是那里被弄得一片混乱，我认为有人去过我们家的图书室了。"

"有人？谁？"

"不知道，我只是这样觉得。"

"也许是他们的那个红头发的朋友。"

"瑞克？"

"是的，叫瑞克，也许是他比较好奇吧，而现在他们一起到花园里玩耍去了。"

科文德太太动了一下嘴唇，眼睛散乱地看着右下方——这是她开始犹豫时的习惯动作。

"还有什么事情？"

她摇了摇头说："我感到有一股奇怪的……气流。"

"气流？"

"是的。"

"可能孩子们躲起来希望和你开一个玩笑而已。"

"在吃晚饭的时候？"

"会不会爬到楼顶上去了？"

"我试着去叫叫他们。"科文德太太转过身来，走向了门口，然后头也不回地说，"要是你……"

"当然，我这就来。"他马上回答说。

浴室的门关上后，科文德先生看了看天花板，自言自语地说："放松到此为止了。"

他穿着拖鞋，身上披着一件绣有一只小蜜蜂的绿色浴袍走了出来。

"是真的。"他说。当他站在楼梯上的时候，一股子冷风从他的大腿直往上蹿，令他不禁打了一个寒战。看来这股冷风是从阁楼上的小房间里传来的。

"原来在这里！"他看到阁楼上的一扇窗户没有关上，正在轻轻摇动。

他走到了窗子旁边，正当他动手关窗的时候，他被眼前的美景吸引住了：夜色即将降临，天空中似乎弥漫着一层薄薄的雾气，在远处的天际仍有一条金黄色的地平线，大海在微风的吹动下翻起朵朵浪花，不断卷上岸边的沙滩，而基穆尔科夫这个小镇被星星点点的灯火点缀得格外美丽。

关上窗户之后，科文德先生注意到内斯特的小屋里灯光依然亮着，里面似乎有一些人在来回走动并且讨论着什么事情，他一下子就看到了长着一头红发的瑞克。

"找到了……"科文德先生很得意自己的发现，"他们一定是到内斯特的屋子里胡闹去了。"

科文德先生关上了阁楼上的镜子门，急匆匆地走下楼梯，却险些一不小心被自己脚上的拖鞋绊倒。

"哦，不！"他就这样在历届房东的注视下狼狈地抓住扶手的栏杆，在他好不容易恢复过来之后，他想到了也许也应该找一个画师为他画一幅肖像。"当然是和我的太太以及孩子们一起啦。"他得意地补充说。

走下楼梯之后，他叫了一声他的妻子，然后朝大厅里瞄了一眼，里面一个人也没有，白色的沙发静静地躺在原地，捕鱼少女的雕像手里紧紧地抓着渔网，透过高大的玻璃落地窗可以看到外面的院子，他又叫了一遍，然后直接走向了厨房。

进门之后他走到了放有电话的小茶几边，突然他的动作停了下来：哪里传来了桌子移动的声音？

"怎么所有的人都喜欢玩捉迷藏？"他一边说，一边踩着拖鞋走过了一道门，来到了一间石头小房间。

里面空无一人。

正当他准备回头离开的时候，突然他闻到了一股浓重的菊花香味，他不由自主地往后退了一步，还没有来得及反应，却又一次踩到了自己的浴袍。

一个踉跄之后他跌倒在地上，不住地咳嗽着，很快便昏迷了过去。

一个僧侣模样的男子手里拿着一个打开了盖子的小瓶子来到了失去知觉的科文德先生的身边。"我想以后我都用不着安眠药了，你觉得呢？"

在他的身后，一个身穿蓝色丝绸衣服的中国女人缓缓地从衣柜后面走了出来，而在她的脚边还躺着已经睡着了的科文德太太。

"这两个人应该怎么处置？"她问道。

那个男人向四周扫视了一圈，然后用手摸了摸时间之门上面留下的尚没多长时间的划痕，说道："我也不知道，珍珍，这里似乎有了很大

的改变，看看这上面的痕迹……"

那个男人走下了石阶，看了看科文德先生的脸说："这个人不是基穆尔科夫的。"接着便一把将他扛到了肩膀上。

班纳太太看了看时间：9点多了，瑞克却还没有回来，晚饭早已经凉了，那盒水果冰淇淋仍然打开着放在桌子上。

"怎么回事？"她不禁大声地问自己，仿佛这样能够给她答案一样。今天整个下午她一直心神不宁，总是有一些奇怪的、令人讨厌的想法围绕着她：她觉得自己的孩子可能遇到了什么事情，虽然不一定是坏事，但这件事情看来很棘手，因为通常这个孩子和他的父亲一样，都是非常准时的，他总是习惯在这个时间吃饭，没有原因的话他肯定不会打破这个习惯的。

而现在都已经9点多了，瑞克连一个电话都没有打回来。

班纳太太几乎可以肯定她的孩子现在就在阿尔戈山庄，可是她不明白的是，瑞克为什么没有打一个电话回来通知她一下呢？而且最近这个孩子似乎离她更加远了，这种距离是心理上的，以前他们总是能够在一起谈心，可是现在瑞克都只顾着自己做自己的事情了。这种感觉就好像是有什么东西一下子将她最重要的东西从身边夺走了一样，特别是最近几天，他确实改变了许多，而这些在过去一整年里都不曾发生过，那时也是她心情最低落的时候，她还没有从失去一个亲人的悲伤中恢复过来。

班纳太太也曾尝试换一个角度去理解这件事情：瑞克现在终于解脱了：他会讲到他的新朋友，而基穆尔科夫在他的眼里又重新充满了生机，他终于从失去父亲的悲痛之中解脱了出来，这点对他来说非常有好处。

不过他不能忘记自己的母亲，这是绝对不能允许的。

她一边想着，一边穿过厨房来到了靠近大门的通道里，戴上自己的眼镜，拿起了一本红色封面的电话本开始翻看起来。虽然她还不知道应该怎样说服自己的孩子，但是她清楚地意识到：这是一种责任，一种对于家庭和亲人的责任。

她拨通了阿尔戈山庄的电话。

电话的那头传来了忙音。

她放下听筒，又拿起来重新拨打了一遍。

依然是忙音。

班纳太太紧紧地抿着嘴唇，现在该怎么办呢？她丝毫不怀疑现在瑞克正在阿尔戈山庄，也许和他新结交的朋友正聊着伦敦的各种趣事……然而一想到这个遥远的大都市正从她的手里拉走她最亲爱的儿子时，她就觉得既无奈，又无力。班纳太太重新回到了餐桌，坐在水果冰淇淋的前面。

她吃了第一个冰淇淋，紧接着又吃了第二个，在满口的甜蜜中品味着丝丝苦涩。

怎么办？还要继续等下去吗？

她又吃了第三个冰淇淋球。

然后静静地等在那里。

晚上 10 点了。

瑞克还没有回来，而阿尔戈山庄的电话也一直都打不通，班纳太太已经吃完了所有的冰淇淋，并回想着瑞克向她提起过的一点点蛛丝马

迹，最终她决定打一个电话给比格斯小姐，问一下她有没有见到过瑞克。

比格斯小姐略带睡意地接起了电话，有点不知所云，不过有一点是很清楚的，那就是她并不知道瑞克在哪里。

"对了，你有没有见到过恺撒？"她最后反问道，"我可不希望这可怜的小家伙又被困在路灯上下不来。"

班纳太太回答说不知道，然后挂上了电话。

接着她又找到了伦纳德·米纳索的电话，一边拨着电话，她一边回想起了中午的事情：瑞克问她对于伦纳德·米纳索了解多少，她回答说并不是非常清楚，只知道这个人是他爸爸的好朋友，有点粗鲁，而且在一次下海的时候失去了一只眼睛，当她反问瑞克为什么对这个问题感兴趣的时候，他只是简单地回答说没什么。

班纳太太很清楚这意味着什么。每次瑞克的父亲怕她担心的时候都会说这句话，就像那次他拿走了氧气瓶去深海里潜水那样。

而那次陪他一起去的人也是伦纳德·米纳索。

班纳太太拨通了电话，铃声一直在响，但是没有人接听。

她又拨通了第二次，结果还是一样。

她的手上已经没有其他的电话号码了，一会儿后，她终于下了决心。她在门口留下了一张纸条，穿上外套，便走出了家门。院子里四周的墙壁是白色的，上面满是大大小小深色的盐渍，她径直走了出去，甚至连大门都不锁了。

在外面她略微想了一下，就直奔盐之步行者——镇上唯一的一间小饭店，推开门后来到了柜台前。

"你有没有见到过瑞克？"她直接问老板。

"这里有人见到过小班纳吗？"老板大声问在座的客人。

众人面面相觑，并没有人回答。

"好像见到过。"一会儿，一个坐在椅子上的渔夫说，他看到瑞克在沙滩上从一艘小船上下来。

"什么时候？"班纳太太赶紧追问说。

"下午早些时候。"

"他是一个人吗？"

"好像不是，和他在一起的还有另外两个孩子。"

班纳太太立刻冲出了大门，脑海里一片混乱：又是船，又是那该死的大海。

"不要说又发生了同样……"她几乎都不敢再往下想了。

她一直来到了鲸之呼唤的沙滩边，高高的悬崖令她觉得有些喘不过气来，而在山顶上的阿尔戈山庄里亮着许多灯。

"他们为什么都不接电话？"她自问道。

她在沙滩上缓缓地走着，夜空中布满了星星，海面平静得像镜子一样，远处灯塔的灯光依然不急不慢地转动着，当它照过沙滩上的时候，她看到在沙滩上停放着一艘小船。

她看到小船的第一眼时，只觉得脑袋里"嗡"的一声，她无法摆脱过去的那段记忆，每次她在晚上来沙滩边散步的时候，她都会回忆起当时的情景。

伦纳德·米纳索就站在她家门口的阶梯下，紧紧地握着她的手，用他仅剩的一只眼睛看着她，而她觉得整个人就像是被撕裂开一样。

"很抱歉，帕特利茜亚。"他当时说，"你的丈夫可能出事了。"

两个人一起向鲸之呼唤跑去，是的，就在这片沙滩上，当时这里已经聚集了许多人，整个沙滩都被火把照亮，沙滩上停着一艘小船。

是他们的小船。

里面空无一人。

"这是伦纳德在……海里发现的……"不知是谁这样对她说。

这时灯塔管理员已经不在她的身边了，他和其他人站在了一边。那个夜晚灯塔没有亮过。

沙滩上只有火光。

班纳太太看着小船，走了过去，脚踩在冰冷的沙子里。

小船里还留有丈夫的衣服、渔网、潜水工具和一卷浸湿的布。

"这是怎么回事？"她问周围的村民。

"我们也不清楚，船到这里的时候就是空无一人的。"

"我们这就出发去找他。"其他的渔民们说，"一定可以找到的。"

有人将手放在她的肩膀上，不过她连头也没有回。

班纳太太拿起了那一卷布，打开，里面是一把已经生锈了的钥匙，看上去是从水里捞上来的，除此之外就什么也没有了。

她将钥匙系在胸前，然后转过头来看着众人。

她有一种感觉，她已经失去了最亲爱的人。

灯塔又一次照过了她的身边，她一下子回到了现实。

她走过去希望能够看得更清楚一些，结果发现这艘小船比她丈夫的那艘还要小一些，是用桨手划的，船头上刻着"安娜贝尔"号的字样。

这不是原来摩尔夫人的名字吗？

班纳太太抬头看了一眼阿尔戈山庄那透出灯光的窗户，决定立即去找回她的孩子。

她知道有一条从沙滩尽头直接爬上山崖通向阿尔戈山庄花园的快捷

方式。

　　虽然已经时隔多年，但是她依然记得这条路。

　　她抚摸了一下小船那冰冷的木头，消失在夜色中。

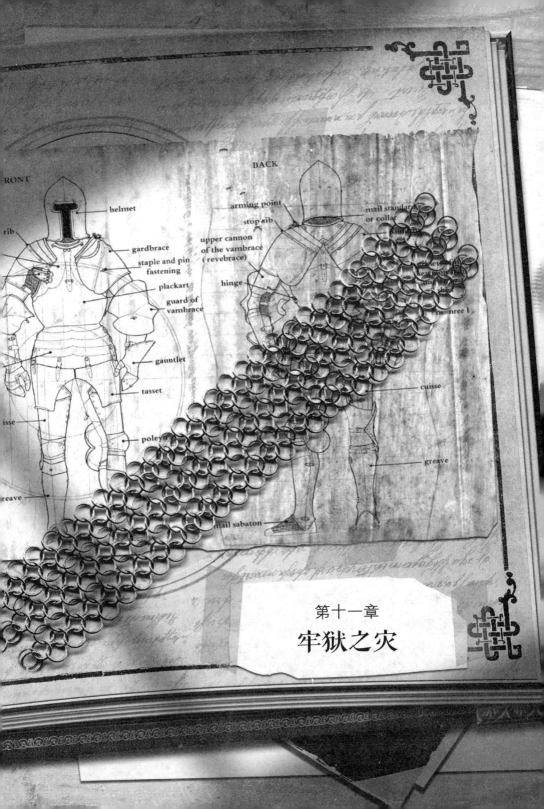

第十一章

牢狱之灾

达戈贝托使劲地在原地挣扎，一边叫道："放手，放开我！我什么都没有做！"在离他几十米远的地方，那座四方塔此时正被五颜六色的炫光所包围。

"安静点，小家伙！你以为我会相信你吗？"一个士兵冲着他说道，用一只手就将他提了起来。

"我什么都没干！"小男孩依然不停地叫着，"不是我！"

"啊，不是你？那么是谁呢？"士兵一边反问道，一边依然紧紧地抓着他胸口的衣服，此时另一边的烟火表演依然正在精彩地上演着。

杰尼神父的士兵开始穿过空地走向雷鸣之实验室，当然他们并没有被烟火炸得飞上天空。

达戈贝托只听到那些士兵叫道："里面的人出来！你们被包围了，逃不掉的！"

然后他自己被眼前的这个士兵使劲地摇晃了几下。"那么到底是谁干的？"那个士兵问道，"你们到底有几个同伙？"

"他们不是小偷！是一些商贩！"达戈贝托说，"一个男孩和一个女孩。"

那个士兵点了点头，然后对着他的同伴叫道："里面有两个人，一个男的和一个女的，快去把他们给找出来！"

仿佛为了奖励达戈贝托这个诚实的表现，士兵把他放了下来，不过他也只能瘫坐在地上一动不动。

"让我走吧，求求你了……"小男孩开始苦苦哀求，"我不是小偷。"

"你身上背着那么多绳子在半夜三更跑来跑去，还让我相信你？说！你是不是属于屋顶精灵的？"

"我只是一个小孩子而已……"达戈贝托呜咽着说。

这时一声巨响从实验室那边传来，士兵不禁转过头去，只见他的两

个同伴已经将雷鸣之实验室的大门卸了下来，正扛在肩上走了过来。

"为什么每次都是这样！"看守达戈贝托的那个士兵说道，"那门是开着的！和其他所有的门一样！你们这些笨蛋！"说着他摇了摇头，然后回过头来："现在你跟我过来，小家伙？咦，小家伙？"

刚才还瘫坐在地上的达戈贝托已经不知去向了，只看到有一根绳子从上面挂下来，士兵举起拳头向着屋顶喊道："你给我下来，小浑蛋！"他似乎看到一条人影一晃而逝，"快下来！听到没有？小心我对你不客气！你听到没有？小浑蛋！"

没有任何回答。

"要是让我再逮到你，"士兵气急败坏地说，"看我怎么收拾你！"

杰森和朱莉娅分别躲在纺织机的两侧，大气也不敢喘一声，两人的心"怦怦"地直跳，就像要跳出喉咙一样。

杰森的脸上沾满了不知从哪里弄到的羊毛絮，朱莉娅则躲在一块巨大的踏脚板下，这是两人在慌乱中能找到的唯一藏身之处了，而在此之前，他们已经说好了，如果能够逃脱的话，他们会在这里的那个庭院里碰面。

随后他们听到门外传来了士兵的嘈杂声，于是赶紧各自找到地方躲好，紧接着，门口就传来了巨大的木材断裂的声音。

两个士兵脸涨得通红，竭尽全力地抬走了被砸坏的门，要不是现在情况紧急，兄妹两人很可能会笑出声来。随着一阵脚步声和叫嚣声，士兵们一股脑儿冲了进来，带头的几个率先去了楼上，而后面的几个人去了另外一个房间。

"这边！那边！站住！走！"各种各样的声音混杂在一起，伴随着一些物品落地和摔碎的声音。

兄妹两人虽然相互之间无法看见对方，但却不约而同地都在祈祷着

士兵们不要找到这个房间里来，然而两人还没有祈祷完，房间门外就出现了一支火把，随后听到一个声音急躁地吼道："乌贝托！阿尔玛罗！你们俩搜查这间屋子！"

随着一阵急促的脚步声，只听到两杆铁枪在地上敲了一下，有人说道："遵命！马上行动！"

两个士兵走了进来开始在屋子里的布堆里翻看起来，外面的月光照射进来，房间里的一切：羊毛堆、木质的纺织机、巨大的踏板以及已经编织到一半的布匹……都像披上了一层银色的薄纱。

杰森躲在一侧的阴暗角落里，看着这两个士兵的身影围绕着这台织布机转来转去，显得有些拿不定主意，他们也不确定这台机器到底是什么东西，不过对于这两个人来说，他们现在还有更重要的事情要做，那就是执行上级的命令！于是两人用手中的长枪拨开机器上的木条，并且用手粗鲁地翻动着，同时将脚下装满线圈的箩筐踢开，弄得整个房间一塌糊涂。

"有什么发现吗？"大致地查看了一下之后，乌贝托问他的同伴。

阿尔玛罗踩坏掉几个线圈，摇了摇头。

这时他手上的枪头离朱莉娅的脸只有几厘米的距离。两个士兵走到一起，举起了手中的火把。

"队长说这里一共有两个小偷。"阿尔玛罗说。

"他是怎么知道的？"

"好像他在外面抓住了这两个小偷的同伙。"

"达戈贝托。"杰森心想，不过现在可不是为他担心的时候。杰森躲在暗处一动不动，只希望这两个士兵早点离开这里，可谁知他们却走近织布机，毫无预兆地切断了一根固定着踏脚板的线，随着一声巨响，半台机器塌了下来，朱莉娅被突如其来的变故吓了一大跳，不禁大叫起来。

"找到了！在这里！"乌贝托说，"终于找到你这个女贼了！"

朱莉娅试图从织布机的下面钻出去，但是已经坍塌下来的踏脚板挡住了她的去路，而一只大手这时候从她的身后紧紧地抓住了她的大腿。

"逮到了！"士兵说着，一把将她拉了出来。

"杰森！"朱莉娅向着杰森躲藏的地方伸出手来，希望能够挣脱。

杰森刚准备起来抓住妹妹的手想把她拉回来，却想不到由于黑暗的缘故，自己的前额狠狠地撞在了织布机的一根木柱上，他只觉得一阵锥心的疼痛，然后眼前就模糊一片。

"杰森！"朱莉娅又叫了一声，可是杰森只觉得各种声音在周围打转。

他整个人摔倒在了地上，双手捂着自己的头部，脑袋里"嗡嗡"直响。眼睛看出去先是一片白色，然后慢慢地变成了灰色，耳朵里听到各种各样的声音，既有他妹妹的呼叫声，也有东西破碎的声音，他想要叫："我这就来，妹妹！"但是他发出来的只是"呼呼"声。

他躺在地上无法动弹，疼痛使他暂时失去了知觉。

"终于让我们给逮到了，小东西！"外面的一个士兵叫嚣道。

过了一会儿远处又传来了他的声音："在这里，我们找到他了！"

这下完了，他们两人都被抓住了。虽然杰森躺在地上一动不动，但是他的潜意识里仍然有思想。他现在只希望有人过来将他扶起来，但是这个愿望未免太过渺茫了。

不一会儿，士兵的脚步声和说话声都已经远去，实验室里安静了下来。

当杰森再一次睁开眼睛的时候，只看到巨大的织布机就横在他的头上，他眨了眨眼睛，向四周环视了一圈，还没有完全清醒过来。月光从窗外照射进来，小男孩知道现在依然是晚上，这说明他并没有昏迷多少

时间。

"朱莉娅？"他问了一句，回答他的只有四周的回音。

他从机器底下钻了出来，头上依然隐隐作痛，伸手一碰，更是让他痛到眼泪都几乎流出来，头上肿起了好大一个包。

房间里乱作一团，地上到处都是断裂的木头和破碎的布片。

"朱莉娅？"

他摇摇晃晃地走出了房间，厅里的大门打开着而且只剩下了半截，本来在楼上草垫上铺着的被子被丢弃在楼梯上。

杰森走出了四方塔，在夜色下深深地吸了一口气，眼前的空地上似乎比来的时候有了更多的凹陷。

"朱莉娅？"杰森问道，虽然他也知道朱莉娅肯定不在这里。

他又伸手揉了揉额头，尽力回想刚才事情发生的经过。他倒在那里，失去了知觉，而那些士兵并没有找到他。为什么呢？难道他们认为他已经死了？

他看着矗立在空地上的四根杆子，心想自己应不应该从绳子上爬出去，不过他觉得这对他来说是一件不可能完成的任务，因为他太累了。

太累了。

他就这样在实验室的门口坐了下来，这时他感到了前所未有的孤独。那些士兵抓走了他的妹妹，不知道会把她带去哪里；瑞克不在身边，没有办法给他出主意；内斯特也不在……这里根本就没有他那个时代的人。

他必须一个人，一个人来面对这个如同迷宫一般坐落在悬崖边上的城市。他不知道应该怎么办，他的朋友都不在身边，没有他认识的人，没有他认识的地方，没有地图，也没有目标，他这个错误的人出现在了一个错误的地方。

正当他在原地胡思乱想的时候，听到了身后传来了一些声音，似乎有人正在走近他。

他突然回过头去。

看到的是一张倒过来的脸，头发垂直向下，面带微笑。

"你好。"那个人先开口了。

接着，达戈贝托用很熟练的动作翻了个跟头跳到了地上。

"怎么样？"

杰森并没有直接回答，而是继续等待那个小男孩说下去。

"对于你妹妹的事情我很遗憾。"

达戈贝托的话使杰森想到，很可能达戈贝托是在告诉士兵实验室里面有两个人的情报之后才获得自由的，杰森不由得怒火中烧，一把将达戈贝托推到墙壁上。"是你告诉他们的，对吗？"

"当然，"小男孩直接承认了，"然后我找到机会逃掉了。"

"你这个混蛋！都是因为你，他们才抓走了朱莉娅！"

"我可不这么认为，是谁在那里点燃了所有的烟火，告诉所有的士兵：'我们在这里！快过来抓我们呀'的？"

"他们把她带去哪里？"

"你是说把他们带去哪里？"

"我不明白你的意思。"

"士兵带走了两个人。"

"怎么会是两个人？"

达戈贝托走近了杰森。"在实验室里另外还有一个人，是另一个小偷，他一直跟着你们。"

"这怎么可能？"杰森说着，突然想起了朱莉娅跟他说过，她在橄榄树园里见到另一个盗贼，并且那个盗贼叫他们不要相信达戈贝托

的话。

　　"是我亲眼见到的！"达戈贝托补充说。

　　"我可以相信你的眼睛，"杰森依然气乎乎地说，"但是我可不能相信你的嘴巴。你已经出卖过我们一次了，说不定你和他们说好了，让他们给你我们的笔记本……"

　　"如果真是这样的话，我怎么还会在这里呢？"小男孩摊了摊空空如也的手掌，"你也看到了，我这次也不太顺利。"

　　杰森叹了一口气说："这样说来那本笔记本还在朱莉娅那里。"

　　"我想可能要等一段时间了。"

　　"怎么说？他们会将她如何处置？"

　　"和处置其他的盗贼一样，他们会把她带到牢房拘禁起来，然后等候如何处置她的决定，不过有一点我要告诉你，那里的大门可都是上了锁的！"

　　"可是朱莉娅不是盗贼啊！"

　　"这话你不用对着我说，"达戈贝托看了他一眼，"不管是谁，如果被发现在夜间擅自闲逛的话都会被当做盗贼来处理，当然这也是……"

　　杰森耸了耸肩膀说："是，是，我知道，这是杰尼神父的命令……怎么每次都是他！"说着杰森似乎下定了决心，他一手握拳用力地砸在另一只手掌里。"我要想办法去救她，我一定要救回我的妹妹。"

　　"那么祝你好运了。"

　　"牢房在哪里？"

　　"大致上来说在那个方向。"达戈贝托指着城堡方向的一处若隐若现的屋顶说。

　　杰森点了点头说："不用你担心，我自己也能够找到这个地方。"

　　"是的，而且你现在也没有什么报酬能够让我为你带路。"达戈贝托补充说。

杰森虽然很有信心的样子，不过当他想到要在这个陌生的地方，面对众多岔路和高塔而要顺利找到牢房时，还是感到了一丝担忧，不过他仍然装作信心满满的样子说："我记得应该是先走到凯旋马厩，然后转道去百鸟园，这样走，再然后……"他凭借着记忆，大致说出了在尤利西斯·摩尔的笔记本上记载的几个名字。

这下还真的把达戈贝托给唬住了，他问："你真的知道怎么去那里吗？"

"前面的墙壁出去后右转，然后左转，接着上楼梯，回到橄榄树园，向左转，再向左转，注意不要吵醒边上住宅的官员们，然后在一处有两个石狮子的地方下楼，到达一处喷泉。"杰森镇定地把他脑子里记得的那些过来时走过的路全部倒过来说了一遍，最后他指了指自己的脑袋说："都在这里，明白吗？也许我没有什么太大的优点，唯独是记性很好！所以我把那本笔记本交给朱莉娅来保管，因为那玩意我已经看过了，所以对我来说也就用不着了，我记得里面所有的路线！"

对于是否应该相信杰森，达戈贝托感到犹豫不决。

"当然也包括了通往永恒青春之泉的路线……"杰森继续说道，"嗯，我正打算在救出朱莉娅之后到那里去看一看呢……"

"你在说谎。"达戈贝托说。

杰森并没有直接回答达戈贝托，只是装作毫不在意的样子同他打了声招呼，然后就走开了，默默地祈祷着希望这个小男孩能够中计。

"你当然能够认为我是在说谎。"走出十步之后杰森说，"不过如果你不愿意和我合作的话，也许你就永远都见不到永恒青春之泉了。"

当士兵取出了朱莉娅口中塞着的布块之后，她大声叫道："放开我！你们不了解情况！"

他们来到了一处石洞里的看守所，里面弥漫着烟雾，两个士兵命令她换上囚服，并将她的随身衣物，包括那本尤利西斯·摩尔的笔记本一同扔进了一个箱子里，然后将她关了起来。朱莉娅又冷又怕，两脚不断地跳着，尽量避免和冰冷的地面接触。

之后，两个士兵向和她一起被抓来的那个老人下达了同样的命令，朱莉娅这才看清楚，这个老人脸上脏兮兮的，又矮又丑，不过和朱莉娅不同，他对于士兵的命令没有丝毫反抗，似乎对于他来说这就像是家常便饭一样，最后当他脱掉他那件散发着恶臭的衣服之后，士兵们将衣服直接扔进了壁炉里。

"看来这个盗贼的技术还真不怎么样啊！"一个士兵在两人的身后笑着说。

那个老头瞪着他那圆溜溜的青蛙眼看了一眼朱莉娅："真是遗憾啊……"

而朱莉娅则显得有些愤愤不平："你说什么？我可不是什么小偷！我到雷鸣之实验室是去找我的一个朋友的！"

"啊，是吗？那他呢？"一个士兵问道。

"我根本就不认识他！"朱莉娅指了指那个老头说。

那个士兵双手叉腰，转向了那个老头说："从味道上来判断，我想我们抓到了一个下水道之贼吧，我说得对吗？"

那个老头点了点头，然后转过身来对朱莉娅说："我是利戈贝托，你还记得吗？"

"啊，看吧！还说你们不认识？"那个士兵得意地说。

"不是这样的！我之前从来都没有见过他！"朱莉娅向着士兵走

了两步："我求您听我解释……我是一个叫布莱克·沃卡诺的人的朋友……我去他的家里只不过为了给他留下一条消息。请让我和他谈一谈，我想他会对你们解释清楚的，只是麻烦你们叫他过来一下……"

那个士兵向后退了一步，冷冷地道："我并不关心你和谁是朋友……"

"可是这都是一个误会！"

士兵拔出佩剑说："我只知道你现在应该闭嘴了，直到有人过来带你去牢房。"

"可是这……"

顿时一道寒光闪到了朱莉娅的鼻尖前，她甚至都可以闻得到上面的铁锈味。

"然后在牢房里你也给我安静一点，明白了吗？"

"求求您了……"朱莉娅呜咽着说，一滴眼泪从眼角流了下来。

那个士兵将她带了出去，同时在利戈贝托的屁股上踢了一脚，让他也一起出去。

朱莉娅紧跟在士兵的身后，走过了一条长长的昏暗走廊，然后来到了一道护城河上，河里有几条鲤鱼在懒懒散散地游动。然后三人跨过了小河，在牢房的门口，士兵吹了一声口哨，铁门随之打开，两人被野蛮地推了进去。

"我求求您了……"朱莉娅作最后一次尝试："我的脚好冷，能不能请您给我弄一双鞋子过来……"

"你要是觉得冷的话，脚不要着地就可以了！"看守一边嘲讽地说，一边将铁门给严严实实地关上了。

"麻烦叫一下巴尔塔扎！"朱莉娅在里面叫道，"巴尔塔扎！他会过来向你们说明整件事情的！"

　　只听到外面传来了士兵的笑声和渐渐离去的脚步声，朱莉娅背靠着铁门，嘴里依然念叨着巴尔塔扎的名字。

　　朱莉娅慢慢地坐到了冰冷的地上，双手抱着膝盖，整个牢房里一片昏暗，潮湿的地面上散发着一股腐臭的味道。

　　接着，朱莉娅听到了一阵脚步声，但是她并没有抬头，她想当然地认为一定是那个和她一起被抓进来的利戈贝托，而这时她听到了低沉的说话声，木头的咯吱声，然后是铁链的碰撞声。突然，一个女人的声音从黑暗中传来："你所说的这个会过来救你的巴尔塔扎是谁？"

　　那把熟悉而又令人讨厌的声音，令朱莉娅一下子跳了起来，心里怦怦地直跳。这时她的眼睛已经渐渐地适应了牢房里的昏暗，只看到在牢房里铺着四块木板——除了她之外这里还有另外三个人：那个又矮又小的应该是利戈贝托；第二个就是刚才说话的女人，她现在正躺在自己的那块木板上；而另一个则是一个男人，现在已经站在她的面前，一把抓住了她的肩膀。

　　"看看，看看……还认识我吗？"曼弗雷德在小女孩的面前唾沫横飞地嘲讽道，"阿尔戈山庄的小主人！"

　　"不！"朱莉娅无法压抑心中的恐惧，在那只大手中不断地挣扎。"怎么会这样！让我出去！让我出去！"她一边叫着，一边疯狂地敲打着牢房的大门。

　　奥利维亚·牛顿依然躺在那里没有动，却发出一阵笑声："放开她，曼弗雷德。看她往哪里跑！"

Kilmore Cove's Caves

第十二章
难忘的夏天

内斯特的小屋里一片安静，只听到睡不醒的弗来德的鼾声，他躺在沙发上睡着了。从窗外看进来的话，这里的景象就好像是一幅油画：两个男人分别坐在桌子的两边，而在他们的中间坐着一个红头发的小男孩，眼睛里充满了怒火。内斯特手里紧紧抓着那张老猫头鹰打印出来的纸张，读了一遍又一遍，在这张从 18 世纪的威尼斯发过来的纸条里，彼得·德多路士告诉他们说奥利维亚·牛顿为了得到主钥匙已经去找布莱克·沃卡诺了，布莱克会想办法将她永远地困在那里。而对于这些，孩子们却一无所知，杰森和朱莉娅也认为主钥匙在布莱克·沃卡诺手上。

在桌子的另一边，伦纳德的头发依然湿漉漉的，他不断地调整着自己眼睛上绷带的位置，瑞克此时只盯着那幅已经略有损坏的油画一动不动。画面上的是年轻时的尤利西斯·摩尔——阿尔戈山庄原来的主人，这个人长得确实很像内斯特。

三个人都没有开口说话，仿佛他们也不知道应该从哪里讲起。屋子里最清闲的莫过于睡不醒的弗来德了，在经历了多事的一天之后，他早已躺在沙发上睡了过去。

在沙发的边上有一扇面对大海的窗户，窗子旁有一张书桌，正面有三个抽屉，在桌面上摆放着一盏油灯，勉强能够照亮整个小屋，除此之外还有一艘帆船的模型，一个装满了碎纸片的纸篓，墙角边上靠着一把长戟，墙上挂着几幅画有船只的图画，地毯上放着一小段玩具铁轨的模型。房间的另一边有一张单人沙发，上面盖着一块毛毯，因为内斯特的关节容易受寒，所以他常要用到毛毯来保暖。沙发的边上放着一个旅行箱，箱子里放满了各式各样的笔记本，里面用潦草的字迹写着许多内容。

在窗户的外面生长着一棵高大的桑树，高高的树枝一直延伸到阿尔戈山庄的屋顶，而此时，上面珀罗珀房间里的百叶窗正关着。

　　瑞克看着这一切，然后问在座的另两个人说："这样说来，布莱克·沃卡诺其实并没有主钥匙？"

　　内斯特和伦纳德这才从他们各自的思绪中回过神来。

　　"没有人找到过主钥匙。"山庄管理员说。

　　"我为什么要相信你呢？"瑞克手指着桌子上的那幅肖像说，"这段时间以来你一直都隐瞒着你的身份，你对我们所有人都撒了谎！"

　　内斯特抬起头来。

　　"你就是尤利西斯·摩尔！"瑞克说。

　　"瑞克……我……"内斯特想说什么，却又摇了摇头，"这件事情说来话长，而我现在……"

　　"到底主钥匙在谁手里？"瑞克打断了内斯特的话，转向伦纳德·米纳索问道。

　　这位高大的独眼男子显得有些尴尬。"直到今天晚上之前，我的答案是和内斯特一样的。"

　　"那么现在呢？有什么变化了吗？"

　　伦纳德转向了坐在他对面的那个老人。"二十年了……我终于找到了那艘帆船。"

　　"帆船？"红头发男孩问道。

　　"瑞克，拜托……"内斯特说。

　　瑞克却一掌拍在了桌子上，声音惊醒了弗来德，他在沙发上转了个身。"不！不要对我说'拜托'，我受够了！都是谎言！都是谎言！'基穆尔科夫的骑士'……多好听的称号啊，内斯特！我为什么还要相信你？"

　　"我们能不能换个话题？"

　　"当然可以，随便你，反正你的话我是不会再相信的了！"瑞克气

愤地说道。

然后他将手放在了肖像画上，尤利西斯·摩尔就是年轻时的内斯特，瑞克看了看老管理员，绝对错不了。

"听着，瑞克……"伦纳德插了进来，"我想你应该冷静一下，毕竟我们不是敌人，而且有些事情我们没有告诉你，那是为了你好。"

瑞克手指着窗外说："是啊，为了保护我们，现在杰森和朱莉娅都去了杰尼花园了，而且还有奥利维亚·牛顿和她的手下！"

"这件事情我们确实没有预计到。"伦纳德说，"可是谁又能不犯错误呢？"

"请不要再说这种不负责任的话了。"

"我只不过实事求是而已。"伦纳德又重新回复到强硬的语气，"而且我要告诉你我今天来这里是为了什么。"

"你是说你要告诉尤利西斯·摩尔？"

"我只想说我知道主钥匙在谁的手里了。"

灯塔管理员说着把手伸进了口袋里。

"是谁？"瑞克问。

"你的父亲。"伦纳德·米纳索回答，接着把他从帆船里的那个死人的手上取下来的那块手表放到桌子上。

"你不要骗我了……"瑞克一下子就认出了桌子上的那块手表，坚固的外壳，表面上刻着猫头鹰的标记，外加 P.D. 的字样，"我真的无法容忍……"

"我并没有骗你。"

"这，这怎么可能？"瑞克似乎一下子泄了气一般。

"而我觉得这应该就是事实，正如你所知道的那样，你的父亲和我以前是朋友，很好的朋友……"

瑞克缓缓地点了点头，而内斯特则在一旁搓着自己的双手。

"是的，"伦纳德继续说道，"在大海里有一艘帆船，因为已经被海底的沙子给埋没了，所以很难找。二十年，我用了二十年一直在找它，而他们……"他指了指内斯特，"他们一直觉得我这么做是疯了，因为他们相信根本就没有这艘帆船，只有你的爸爸肯帮助我。"

"为什么？"瑞克轻轻地问道。

"对我来说这艘帆船非常重要，它的名字叫弗娜号，用的就是雷蒙德·摩尔的太太的名字，而雷蒙德是摩尔家族的先人，正是他发现了阿尔戈山庄，也是他建造了乌龟花园和其他很多东西……你应该已经知道他了，在几个世纪之前，是他发现了这些时间之门和相关钥匙的存在，对此他也曾经有过文章记载，好像是在一本叫关于逃生什么的指南里面。"

瑞克又点了点头说："是的，这本书我们看过了，在阿尔戈山庄的图书馆里。"

"那篇文章的出现是一个错误，这一点直到在很久之后雷蒙德希望保守这个秘密的时候才意识到。几个世纪之前，如果要来基穆尔科夫的话只能够乘船，而也正是这个原因才使得他得以发现这个秘密：他是乘坐弗娜号过来这里的，然后他发现了这些时间之门和钥匙，包括主钥匙。据说主钥匙不仅能够打开这里所有的时间之门，也能够打开在基穆尔科夫以外地方的时间之门……"

瑞克的眼神里充满了惊奇："这么说来除了基穆尔科夫，在其他的地方也有时间之门？"

"没有人知道，瑞克。"内斯特说。

伦纳德点了点头说："是的，那次难忘的夏天所有的孩子都没有发现。"

"我开始有点不明白了。"瑞克先看了看伦纳德，然后又看了看内斯特。

"我向你解释一下之后你就会明白了。"

伦纳德长长地吸了一口气，然后开始说："许多年前的一个下午，那时已经是春末夏初了，有一群人来到了这里……"

"伦纳德……"内斯特打断了他，但是灯塔管理员示意他不要出声。

"他们都是来自伦敦的……"他继续说道，"是摩尔家族的人，他们到了这里之后在没有引起任何村民的注意下，直接来到了阿尔戈山庄。接着在午饭之后，一个十一岁的小男孩决定到基穆尔科夫的小镇上去看看。整件事情我记得非常清楚，仿佛就发生在昨天一样：当时我正坐在堤岸上看着水里钓鱼竿的浮标，这时他来到了我的身后对我说：'如果你这样钓鱼的话是什么都钓不到的！'"

内斯特伸出了一根手指摇了摇说："我可没有这样对你说过。"

"哦，不，事实上是这样的！我记得很清楚，你知道为什么吗？因为那天我被你的这句话吓了一跳。"

"别开玩笑了！那时你可长得比我高大多了！"

"可是当时我才八岁，而在小时候相差三岁的话已经是一个不小的差距了。"伦纳德靠在了桌子上，转向瑞克说，"而且那个孩子还叫我拉起了钓鱼线，帮我检查了鱼饵，最后对我说那个才是问题所在，接着我们一起去了乌龟花园找虫子作为鱼饵。两个小时之后，我用我们刚刚找到的鱼饵，终于钓起了第一条大鱼。"

内斯特笑了笑说："其实也算不上非常大。"

"但是它对于一个八岁的孩子来说已经是非常大的了。"

瑞克看着内斯特说："可是你又是怎么知道这些的呢？是在伦敦的时候学的吗？"

内斯特耸了耸肩膀说："我是在一本书上看到这些内容的，事实上我自己也不是太确定这些方法是否可行。"

"幸运的是你说的话是对的。"伦纳德接着说道，"在这之后，他又回伦敦去了。临别前他告诉我说他们会过一个星期后再回来，然后在这里度过整个暑假。在他走之前，我邀请他去乌龟花园认识其他孩子，并且我们想要跟我们的老师——斯特拉小姐开一个玩笑。"

"斯特拉女士也是你们的老师啊！"瑞克说。

"有些事情是很长时间都不会改变的。"伦纳德说，"言归正传，玩笑是这样的：我们让内斯特在我们的班级拍集体照的时候混在我们中间，不要让斯特拉小姐发现。1958年，在乌龟花园里，斯特拉小姐将信将疑地数了好几遍班级的人数，还有那个严肃而又古板的摄影师沃尔特·盖茨，让我们摆了很长时间的同一个姿势，那真是令人难忘的一天。结果，没想到那张照片里内斯特只拍出来半个身体，但就是这样一张可笑的照片，把我、他和其他好朋友紧紧地联系在一起，其中有：维克多·沃卡诺，就是从那一天开始大家都叫他'布莱克'·沃卡诺了；菲尼克斯，也就是后来基穆尔科夫教堂里的神父；赫利斯坦内斯查·比格斯，也就是克利奥帕查的姐姐，后来去了其他地方教书；约翰·鲍恩，后来成为了这里的医生；还有小彼得，小镇上最有名的钟表匠的儿子。"

瑞克渐渐地开始释怀，现在他明白了为什么尤利西斯·摩尔和他的那些朋友能够维持那么长时间的友谊：童年时结下的友谊往往是最长久的。不过，有几个人的名字依然让他感到了些许意外：菲尼克斯神父、鲍恩医生和赫利斯坦内斯查·比格斯……

伦纳德继续说了下去："然后，内斯特邀请我们一起来阿尔戈山庄，

在这里我们认识了……"

"伦纳德……"老管理员吸了口气。

"……他的外公：马奇瑞·马克·摩尔。"伦纳德说道，"他真是一个可怕的人，非常傲慢，似乎讨厌我们所有的孩子。"

瑞克对此并没有感到太意外：在山庄里的楼梯上他看到过尤利西斯·摩尔的外公的画像，而且他知道尤利西斯的母亲就是在孩子出生的时候死掉的，所以在这个外公的眼里，尤利西斯是那个夺走了他女儿生命的人。

"而他的父亲则完全相反。"伦纳德接着说，"他的父亲叫做约翰，而且并不姓摩尔。"

"约翰·吉斯。"瑞克默默地说，"我在墓地里见到过他的名字。"

"他真的非常棒，就像个诗人，热爱生活，而且他总能够在所有的事情中找出其中积极的一面。"

"当我妈妈去世的时候……"内斯特终于开口说话了，"我的爸爸是当时唯一一个没有哭泣的人，他说我的母亲是一个伟大的旅行者，我们无法阻止她的脚步，而且她一定在某一个地方等着爸爸，就像他们认识之前一样，爸爸相信当他穿过最后一扇时间之门——死亡的时候，一定能够再见到我的妈妈……"说到这里内斯特把手放上了桌子，似乎有些紧张："但是在我外公的眼里，爸爸没有哭泣只能说明他根本就不爱我的妈妈，他娶我的母亲只是为了继承摩尔家的财产，所以我的外公想尽一切办法阻止爸爸继承自己的财产，而事实上，最后他确实什么都没有得到，除了这个山庄。"

伦纳德接过了这个话题说："在老摩尔看来，这幢房子只不过是一个普通的旧山庄而已，只要有人愿意出钱，他就会把这里卖掉。然而约翰·吉斯却不这么认为，在尤利西斯的外公去世之后，他想办法得到了这个山庄。结果，正是那个 1958 年的夏天，一群孩子发现了这里与众不同之处，得知了关于乌龟花园的一些秘密。"伦纳德面带忧虑地笑了笑说："也正是这个发现，改变了这些孩子们的命运。"

"我们所有人都聚集在了乌龟花园的门口，那时候那里的一切还都完好无损，只有鲍恩没有来，因为他的父母担心他会出什么状况而不让他出门。这位医生同学几乎从来都不参与我们这群人的活动。赫利斯坦内斯查惯例性地又迟到了，但是由于她是我们这里唯一的一个女孩子，所以大家都没有太介意。当时她非常漂亮，而且充满了活力，是一个很阳光的女孩。我们满怀好奇地进入了乌龟花园，事实上在上次我们全班拍照留念的时候，我们无意中发现了乌龟花园里的后面有一个山洞的入口。赫利斯坦内斯查告诉我们，据说在那里面藏着海盗们留下的财宝。当时所有的孩子们对此都深信不疑，虽然可能有一定的危险，但是我们还是决定进去探险。当然，这里面也有点困难：听说公园里面有一个守卫在保护着财宝，而且他还带着两条非常凶猛的猎犬，除此之外我们对于其他的事情了解得并不多。赫利斯坦内斯查还说，那两条凶猛的猎犬晚上会在公园里巡逻，它们有着血红的眼睛，鼻子里会呼出灰色的烟雾。当时彼得在一旁就被吓坏了，吵着要回家，而我们其他人对于看守和他那两条猎犬的故事并不是十分相信。菲尼克斯还从他父母的肉店里拿来了几块牛肉，我们在上面撒满了胡椒和辣椒，希望如果遇上那两条狗的话就让它们尝尝我们自制的麻辣牛肉。"

瑞克笑了笑。

"有了这些武器，我们显得自信了不少，于是走进了公园。"伦纳德接着说道，"我们先是来到了乌龟喷泉。在离喷泉不远的地方就有一间

工具房，我们认为那个看守和他那两条凶猛的猎犬就在那里面。沃卡诺建议大家直接去让那两条猎犬尝尝我们的厉害，这样的话，之后我们就可以毫无顾忌地搜索那个洞穴了，于是我们将目标先定在那间隐藏在山顶上树林中的白色工具屋。"

内斯特吸了口气，靠在了椅背上。

"在我们接近了那间小屋之后，突然彼得叫了起来，他说他听见了狗的脚步声。一开始我们都以为他是因为听了赫利斯坦内斯查的话之后太害怕的缘故，后来才发现他说的是真的，小屋那边确实传来了狗的叫声。于是我们分开匍匐前进，就像是一群士兵一样。第一个到达小屋那里的人是菲尼克斯，如果我没有记错的话，内斯特和他在一起。"

"就是这样。"

"沃卡诺在两人的左后方掩护，而我在右后方……"这时伦纳德停了一下，似乎是在回想当时的细节，然后说，"当时彼得害怕得要命。"

"后来呢？"

"小屋子里空无一人。"内斯特补充说，"但是在屋子的另一边却能够听到一些奇怪的声音，当时我们大家心中都非常忐忑不安……"老管理员点了点头继续说："最后还是菲尼克斯和我鼓起勇气，手里抓紧了我们的'麻辣牛肉'作为武器，前去察看敌情。"

这时伦纳德突然大声笑了起来，弗来德被笑声吵得在沙发上又翻了个身。

瑞克看了看他，然后转向了内斯特问："然后呢？"

"那间小屋的后面有一个小女孩。"内斯特继续说道，"一个满头金发的小女孩，她交叉着双腿坐在地上，手里拿着绳子的一端，而另一端则拴着两条小卷毛狗，两条小狗正绕着小女孩转圈。"内斯特稍稍停顿了一下，接着说："当这两个小家伙看见我们之后，吓得赶紧躲到了小

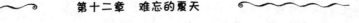

女孩的裙子底下，等到确定了主人正在保护着它们之后，才探出头来吠了两声。"

　　"两条小卷毛狗！"伦纳德笑着说，"费德罗和费德拉。"

　　"那么那个小女孩又是谁？"

　　"那个小女孩就是公园守卫的女儿。"伦纳德用非常温柔的声音说，"卡里普索。"

Turtle Park Kilmore Cove

第十三章
公园探险

在阿尔戈山庄管理员的小屋子里，瑞克问道："你是说那个图书管理员卡里普索？"

"正是她，当时正在和那两条小狗玩耍。"伦纳德调整了一下自己眼睛上的绷带说："没多久，我们和她就成为了好朋友，不过彼得还有些问题，不知道为什么那两条狗一见到他就吠个不停。卡里普索带我们参观了她爸爸的那间工具屋，然后我们向她打听了关于洞穴的事情。她带着我们来到了洞口，可是那里已经被一面石墙给封上了，留出的一些空隙仅够鸟儿飞进去筑巢。不过她告诉我们那个山洞还有一个入口，就在离开那间小屋不远的一口井里。我们在那里花费了整整两天的时间，把那口井里面的杂物全部清理干净。菲尼克斯从家里取来了一根绳子，然后我们抽签决定谁第一个下去。"

"布莱克·沃卡诺。"瑞克猜道。

"没错，就是他。他把绳子系在腰间，然后我们拉着绳子慢慢地把他放了下去。等到他出来的时候，整个人都变成黑乎乎的了，身上到处都是泥土、鸟粪和炭渣，而我们其他人对于下面的世界更加好奇了，于是我们每个人都下去了一回，最后大家都搞得和他一样满身泥污才上来。"

"你说的这个洞穴就是通到火车站的那条通道吗？"

"是的。"

"那条通道的另一边可以通向摩尔家族的墓地，还有……通向阿尔戈山庄下面的洞穴？"瑞克继续问道。

内斯特站起来，走到行李箱旁，从里面取出了几张纸翻看起来，最后他手里拿着一幅折起的地图回到了桌子边，递给了瑞克。

那是一幅附近所有山丘和海湾的剖面图，同时上面还画着通向各处的地下通道，从笔迹来看，这幅地图显然出自珀罗珀之手。

"事实上，"内斯特开始解释这幅地图了，"那个夏天以及在那之后的一系列发现，表明了整个基穆尔科夫小镇的地下被无数条通道所贯穿。比如从墨提斯号的那个山洞出发，通过这座上面有十一种动物雕像的桥，可以到达墓地。"内斯特一边指着地图上的各条通道，一边解释，"而这条通道通向滑坡，边上的这条则通向一道深不见底的沟壑，之前布莱克和伦纳德曾经尝试过去探索这道沟壑，但是没有成功。"

"我们往下探索了两百多米……"伦纳德补充说，"最后还是不得不放弃。"

然后内斯特又指着一个洞穴说："在经过了墓地之后，可以来到这个最大的洞穴，这里一直连接着乌龟花园的出口，也就是我们在那个夏天一开始发现的地方。在夏洛克山脉的下面也有一条通道，它的出口处在小镇的中心地区的卡里普索之岛下面，同时这条通道有一系列的分支，分别连着比格斯小姐家里的后院、学校和查帕面包屋。也许你已经注意到了，这些地方都有时间之门存在。再看这里，画着沙滩的地方，每当涨潮的时候这里总会有盐水湖形成，从这里沿着铁轨走的话可以到达火车站，而那条地下通道的出口就在距离伦纳德的灯塔不远处。"

"原来在海里面也有啊。"瑞克略感惊讶地说。

"不过在那个夏天，我们没有人能够想象得到所有的这些秘密……"伦纳德接过话来继续说，"当时我们只不过是一群童心未泯的小孩子而已，因为好奇进入了洞穴，但是当我们后来慢慢地找到了威廉·摩尔的那个滑轮升降机，还有地下墓地的铁栅栏的时候，我们仿佛进入了另一个世界。我们用了整整一个星期来探索乌龟花园地下的那个洞穴，后来卡里普索的爸爸，也就是公园的看守发现了这件事情，他坚决反对我们进入那个洞穴，但是这反而加重了孩子们的好奇心，于是我们只能偷偷地干。不过这还要多亏了菲尼克斯，他不知道从教堂的哪个角落找来了

那扇铁栅栏的钥匙。就是你看到的那扇……"

瑞克点了点头。

"你也应该很清楚里面的结构：一部分人被葬在墓地的西边，而摩尔家族年代越久远的先人，越被葬在东边，也就是靠近阿尔戈山庄的那一边。"

内斯特重新指着地图说："从墓地，跨过那座桥就可以来到墨提斯号所在的那个洞穴了，但是当时在我们尝试的时候，这边的铁栅栏是关着的，而且在桥上刮着一股强大的怪风，我们从墓地那边只能看到桥上的雕像，其他的什么都看不到了。"

"也许是因为阿尔戈山庄这边的时间之门是关着的……"瑞克猜测说。

"是的，但是在当时我们中间没有人知道时间之门的存在。"伦纳德补充说，"不过此后不久我们就有所发现了，这都多亏了我们找到了一个木质的盒子。"

内斯特点了点头说："那个木头盒子就在雷蒙德和弗娜的墓穴前的地上。"

"什么木盒子？"

内斯特又一次地站起来，走到行李箱旁。不一会儿，他手里就拿着一个盒子回来了。这个盒子的一半已经有些烂掉了，而另一半依然完好无损。盒子上刻着一些字迹，正面有一个金属的锁扣，上面刻着字母R.和M.。

"雷蒙德·摩尔。"瑞克说着打开了盒子：里面被分成了七格，每一格都有一小块象牙吊牌标明了数字，盒子里铺着一层红色的绒布，却空无一物。

"我不是很明白……"瑞克说。

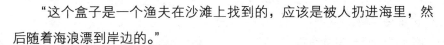

"这个盒子是一个渔夫在沙滩上找到的,应该是被人扔进海里,然后随着海浪漂到岸边的。"

"是我的爸爸?"瑞克猜测说。

"不,不是的!"伦纳德回答说,"我们发现这个盒子的时候是1958年,当时你的爸爸还完全不知道这些事情。"

"那个渔民知道这个盒子是属于摩尔家族的,但是由于阿尔戈山庄关着,于是他把这个盒子留在墓地里。"

"然后这个盒子被我们这些孩子给找到了。"内斯特说。

"在那里面有些什么?"

两个男人相互对视了一眼,接着伦纳德回答说:"七把钥匙:马钥匙、狮子钥匙、猛犸象钥匙、猫钥匙、猴子钥匙、鲸鱼钥匙和龙钥匙,我们几个孩子就坐在乌龟花园的草地上拿着钥匙一把一把地看。'看吧,这就是我所说的宝藏。'赫利斯坦内斯查这样告诉我们说。"

"然后呢?你们是怎么处理这些钥匙的?"

"当然是一群孩子能够想到的最简单的方法。"伦纳德回答说,"我们把这些钥匙分了,然后许诺要对别人保守这个秘密,当时我拿到的是猛犸象钥匙。"

"布莱克拿的是马钥匙……"内斯特说。

"赫利斯坦内斯查拿到的是猫钥匙,后来给了奥利维亚。"

"彼得·德多路士拿了狮子钥匙。"瑞克猜测说。

"是的,然后菲尼克斯神父分到了猴子钥匙,而卡里普索拿了鲸鱼钥匙。"

"那么你呢?"瑞克看着内斯特问道。

"龙钥匙。"

接着大家都沉默了,最后还是瑞克先开口问道:"那其他的钥匙呢?

阿尔戈山庄里的那四把？"

"那些钥匙不在盒子里。"

"那在哪里？"

"它们在等待。"内斯特回答说。

"什么？"

"等待阿尔戈山庄新主人的到来。"

"这四把钥匙是在十二年后才出现的。"内斯特在过了好一阵子之后才说："当时我的外公已经去世，而我和我的爸爸搬到这里来住了。有一天我们收到了一个包裹，收件人上面写着'阿尔戈山庄的主人收'，然后我的爸爸交给我打开了它。"

瑞克仔细地听着内斯特的每一句话，然后摇了摇头说："这个和之前我们收到那个包裹时的情形一模一样。"

"是的。"内斯特苦笑着说。

瑞克拿起了桌子上的那块手表问："可是这一切和我的爸爸又有什么关系？"

"那个放有七把钥匙的木盒子是在沙滩上被发现的。"伦纳德说，"这说明有人把它扔进海里，或者说有人是故意把它藏在海里的……"

"雷蒙德·摩尔？"瑞克问道。

"也许由于某些未知的原因，这个率先发现时间之门和这些钥匙秘密的人，却不想让别人知道这个秘密。"

"这就像是你们现在所做的事情一样。"瑞克看着他说，"你们切断了铁路，除去了路标，抹去了地图上的标记……"

"是的。"

"真是太愚蠢了。"伦纳德说着摇了摇头。

"为什么这么说？"

"因为我们也许根本就不应该这样做。"伦纳德说。

内斯特突然显得有些激动地说："我在这里可不是为了讨论哪些事情应该做，哪些事情不应该做的。"

"啊，是吗？"伦纳德看着他说，"难道说我还应该夸奖你叫我们大家费尽九牛二虎之力，帮你找到所有和基穆尔科夫或者时间之门有关的线索之后，你又抹去它们吗？"

"就像在扁舟之乡的藏书室一样的情况？"瑞克这时想起了当时几乎所有的有关尤利西斯·摩尔和基穆尔科夫地图的信息几乎全部都被抹去了。

"是的，还有那里！"伦纳德越说越激动。

"伦纳德，够了！我们大家都付出了巨大的努力，而你……"

"我怎么了？"伦纳德一下子站了起来，气势汹汹。

内斯特没有丝毫退让的意思，他的双眼直勾勾地盯着伦纳德说："你还是……固执地……我行我素，不断地让人们为了时间之门而遭受危险甚至丢失性命！"

正在这时，外面传来了敲门的声音。

瑞克、内斯特和伦纳德同时都愣在原地，刚才的争吵停止了。瑞克看了看四周，似乎一下子回到了现实世界。他看了一眼手表，叫了起来："哎呀，糟了！我的妈妈一定很担心我！"

内斯特开始整理桌子上的地图和那幅肖像画，然后将它们放回行李箱。伦纳德起身过去开门，就好像几个小时之前瑞克和弗来德过来敲门的时候一样。

"想不到你今天晚上叫了那么多人过来啊，内斯特……"伦纳德走

近了门边，嘴里咕哝着说。

他打开了大门，然后惊讶地张大了嘴巴。

"难道刚才被鲸鱼撞昏了脑袋？"伦纳德喃喃地说道，然后摇了摇头。

"是谁啊，伦纳德？"内斯特在屋子里问道。

"……如果我没有眼花的话，这不是布莱克·沃卡诺吗？"伦纳德叫了起来。

在听到了这个名字之后，睡不醒的弗来德睁开了一只眼睛，他在犹豫是不是应该也睁开另一只眼睛。

"嘿，你好，伦纳德！"布莱克·沃卡诺拥抱了一下伦纳德说，"我听到你们这里似乎很热闹，就过来了……"

随着他一同进屋的还有一个身穿蓝色丝绸衣服的中国女性。"你们谁能告诉我这里到底发生了什么事情吗？这两个在阿尔戈山庄里的陌生人是谁？还有，你怎么会在这里？啊，对了，忘记做一下介绍了，这位是珍珍，我的助手。听着，我收到了彼得的消息，然后……"

直到这时，这位原基穆尔科夫的火车管理员才注意到瑞克的存在。他突然止住了话语，转向瑞克问道："请问，你是哪位？"

第十四章

越狱

在灰色牢房的阴影里，朱莉娅只觉得浑身发冷。这里的环境令她浑身冒起鸡皮疙瘩：冰冷而又潮湿的地面，布满裂痕的木板，墙壁上唯一的铁窗上锈迹斑斑，墙壁上湿漉漉的，整个牢房里飘散着一股令人作呕的异味，同时她的三个室友也着实令她担心：一个又矮又丑的小偷，一个神经质的女人躺在自己的木床上冲着她冷冷地发笑，而曼弗雷德不时地用拳头敲着墙壁。

朱莉娅决定少惹麻烦，不理睬其他人，可是她能有什么办法从这里出去吗？

唯一的希望，她还有唯一的希望，那就是杰森……

"这个人是谁？"突然奥利维亚指着利戈贝托问朱莉娅。

小女孩抬起头来，这是自从她认识奥利维亚以来第一次听到她用这么平静的语气说话。

朱莉娅考虑了一下是否应该回答她的问题，如果不理睬她的话，谁知道她会和曼弗雷德说些什么呢。

"我也不知道。"她回答说。

奥利维亚身下的木床发出咯吱咯吱的响声："那你们怎么会一起被抓进来的？"

"他跟踪我。"朱莉娅回答说，"那些士兵找到我的时候，就把他也一起抓了起来。"

"那些士兵！呸！就跟该死的警察似的！"只听见阴暗的墙角边有人用拳头狠狠地砸了一下墙壁。

"你这样就算敲断手也没有一点用处，你这个笨蛋！"奥利维亚说着下了床。

她发现朱莉娅正盯着自己看，就对她微笑了一下，然后走到了窗边，月光下朱莉娅几乎快认不出她的模样了：头发散乱地披在肩上，好几根手指甲都断了，人显得更加消瘦，颧骨高高凸起，双眼中透出了无助的眼神。

"他们抢去了我所有的东西。"她不知道是在对自己、朱莉娅还是月亮说。

朱莉娅呆呆地看着眼前这副冷清的景象，慢慢地将自己的背靠在墙壁上，同时两手抱着膝盖，将身上的袍子拉长垫在脚跟下面。

"他们拿走了我的钥匙，"奥利维亚继续说道，"把它们全部扔进了那个箱子。那可是我费尽了九牛二虎之力才得到的东西……"

在听到了她说钥匙是她的时候，朱莉娅不禁觉得有些恼火，而直到这时她才意识到他们的时间之门钥匙也没有了。

"那些可不是你的钥匙。"她说。

"啊，不是吗？"奥利维亚用高傲的语气反问道，"那难道是你的吗？上面写有你的名字吗？"

"那些是我们找到的，杰森、瑞克和我。"朱莉娅说，"在邮局里。"

"当然。你们只不过是到邮局取了个包裹而已，这些钥匙什么时候就成了你们的了？"

"不对，我们还有包裹的邮寄单据，上面写着寄给'阿尔戈山庄的主人'。"

"那么就应该是寄给你们的爸爸的，也有可能是给那个叫什么霍默的人的。"

"霍默？"

"那个伦敦的建筑师。是他和那个老管理员负责这个山庄的交易的。"奥利维亚说道，"他为了把这个山庄卖给你们竟然敢拒绝我给他的

厚礼！"

"呸！该死的警察！"曼弗雷德叫着，又是一拳结实地打在墙壁上。

与此同时牢房一角的阴暗处传来了一些奇怪的声音，利戈贝托在牢房的厕所里不知道在做些什么。

"也许我根本就不该来这里。"奥利维亚异常平静地说，"我应该满足于已经取得的钥匙，然后慢慢再想办法得到另外的那些，而且在过来之前，我应该先去问一个人，唯一一个愿意帮助我的人。"

"你是指彼得？"

"还能有谁？难道你曾经和尤利西斯·摩尔说过话？或者和他的朋友？"

"没有。"朱莉娅回答说。

"你知道为什么吗？我来告诉你：因为这些偏执狂想要独占这个小镇！他们凭什么处处都针对我，你想过吗？就因为我漂亮？因为我有钱？"奥利维亚的脸转向了朱莉娅，两眼射出怨恨的目光："还是因为我特别有商业头脑？是的！我承认：对我来说这些时间之门的确是一个发财的机会，我们可以给别人提供休闲度假的新去处，人们可以去艺术之城，或者可以去沙漠绿洲，为什么不呢？只要我们制定好规则：不许携带现代化设备，不许搽香水，禁止携带照相机，不许骚扰当地人的生活！这样能有什么问题？难道把基穆尔科夫这样一个破落的小渔村变成一个旅游胜地不好吗？"

朱莉娅一时无语了，不知道该怎样回答她的问题。

奥利维亚走了几步，然后继续说："难道说，我亲爱的小朋友，这个尤利西斯和他的那些朋友总是和我过不去，仅仅因为我是一个女人？你想过吗？因为我既美丽又聪明？"奥利维亚两手一拍，"浑蛋！醒醒吧！我们可是生活在 21 世纪的人啊！"

从利戈贝托所处的那个角落里不断地传来石头相互敲击的声音，然后是一声叹息："唉……"

曼弗雷德走近他问道："你到底在做什么啊？"

朱莉娅看着奥利维亚烦躁地在牢房中间打转，重新考虑了一下刚才她所说的话，也许她说的也不完全是错的，至少在自己看来，伦纳德、彼得，以至于内斯特可不像是一些头脑开化，具有现代思想的人。当然如果真的像奥利维亚这样歇斯底里地充满占有欲，她也觉得不太妥当。

"这个……该死的尤利西斯·摩尔……几乎都快把我给逼疯了，还有，这把主钥匙！"奥利维亚抓着铁窗的栏杆，失望地看着窗外，"关我什么事！这主钥匙，还有布莱克·沃卡诺！"

"他离开了。"朱莉娅说，"我们去过了他的实验室，那里既没有他本人，也没有主钥匙的影子。"

"是吗？"奥利维亚说，"不过这都不重要了！我什么都不要了，只要能够让我离开这个鬼地方，你们听见了吗？"她说着叫了起来，"钥匙全部都给你们，放我出去！"

"哦，天哪……太恶心了……"曼弗雷德在牢房的一角说道。

奥利维亚稍稍平静了下来，她回过头来对着朱莉娅说："我真是太可笑了，现在这样叫又有什么用呢？没有人会来帮助我们，没有人！"

奥利维亚的话不禁又一次让朱莉娅无话可说。仔细想来，杰森能够到这里来解救他们的可能性实在太小，现在看来，她和奥利维亚竟然成了同一条船上的人了。

"我的哥哥没有被他们抓到……"她说，"他一定会想办法来救我们的。"

"那个小男孩？"从奥利维亚的脸上丝毫看不出高兴的神色，"你觉得他能够做什么事情呢？"

"我也不知道，不过他一定会想办法的。"

"一个小孩在成人的世界里是什么都做不了的，你自己就是一个最好的例子。"

角落里又传来了利戈贝托的声音，同时还有石头被挪动的声音。

"呕！"曼弗雷德被一股刺鼻的臭气熏得向后退了一步，说，"快把它放回去！"

同时这股味道一下子弥漫在整个牢房里，奥利维亚和朱莉娅都皱起了眉头。

"噢，天哪！"奥利维亚说，"你在那里到底在搞些什么东西啊？"

朱莉娅闭上了眼睛，将鼻子埋进了自己的囚袍中，希望能够阻挡一下这股恶臭。

曼弗雷德和奥利维亚开始咳嗽了起来。过了好几分钟之后，这股味道终于开始减弱了一些。

"利戈贝托？"朱莉娅问道。

"是的，我在这里。"从牢房的另一边传来了他的回答声。

"怎么回事啊？"

"我找到了一个出口。"他平静地回答说。

三个人围在利戈贝托身边。地面上有一个洞口，大小刚好够一个人通过的样子，深不见底，从洞口里不时传来阵阵恶臭。

"你这是在开玩笑吗？"奥利维亚用手捂着鼻子说。

下水道之贼蹲在厕所下水管道盖子旁边，摇了摇头，建议大家听他说完。

"快把这玩意儿盖上。"曼弗雷德说。

"等一下。"朱莉娅说，"也许他是对的，让他先把话说完！"

"快把它盖上！不然的话……"

"你不能给我闭上嘴吗？你这个废物！"奥利维亚在一边冷冷地说。

曼弗雷德使劲地紧了拳头，愤怒地看着他的女主人，心里想：是你把我带到了这里，是你害得我现在身陷监狱，是你让我弄丢了我最后的一副太阳眼镜，现在你又让我看着这个恶心的东西……终于他决定了，他转过身去，不再理睬这里发生的一切。

"是水吗？"朱莉娅问。

"我也听到了。"奥利维亚蹲在利戈贝托的身边说。

"水，是的……"盗贼说道，"这里所有牢房的下水管道都连接到一根大的管道里，并且和外面的护城河相连。"

"你是说外面有鱼的那条河？"朱莉娅问道，"如果说鱼能够在里面生存的话……至少说明水里面是没有毒的。"

"是的。"利戈贝托有些得意地说。

"不过我可要提醒你们，你们可不是鱼，"奥利维亚说，"在水里没有办法呼吸。"

"在那根总管道里是有空气的。"利戈贝托说着用手比画了大约二十厘米的样子，"不是很多，大约有这些。"

朱莉娅坐在地板上问："你进去过吗？"

"是的，一次。"盗贼回答说。

"里面的情况怎么样？"

"很臭，你要在水里游一段距离，然后会到达一个湖里，到那里之后就好了，而你也就自由了。最困难的是这里……"他指了指下水道的

开口说，"你得缩紧身体才能够勉强进去。"

"这里有多深？"朱莉娅问道。

"大约有我三个人高。"

"算了。"奥利维亚看着下水道说，"我可不从这里下去。"

利戈贝托看了看牢房里的另三个人，然后指着曼弗雷德说："他肯定下不去。"

"哼！"曼弗雷德满脸不屑地说。

"你应该没问题。"他对朱莉娅说，然后转向奥利维亚："你如果努力一下的话应该也可以。"

"我不要。"奥利维亚说，"我可不想死在臭水沟里。"

而朱莉娅一想到要钻进那条下水道里就令她浑身泛起鸡皮疙瘩。

利戈贝托耸了耸肩膀："这是我知道的唯一出口，我要走了。如果你们愿意跟我来的话，我就在外面等你们。"

朱莉娅抿了抿嘴唇，看了看四周，然后盯着这个黑色的洞口。

"你知道时间流逝之庭在哪里吗？"她想起了当初和杰森的约定。

"是的。"盗贼说道。

"那如果我和你一起出去的话，你能不能带我去那里呢？"

"嘿！嘿！等一下！"奥利维亚抓住利戈贝托的肩膀说，"你就不能先出去，然后回过来帮我们打开这里的牢门吗？"

"不行。"盗贼说，"这样做太危险了，没有人出去了之后还愿意回到监狱来的。"

"我可以付钱给你！我可以付先令给你。"

"先令是什么？"

"钱，大把的钱，金子！"奥利维亚激动地说，"你想要多少我就给你多少。"

"你还是自己想办法吧。"利戈贝托摇了摇头说,"我要走了。"

他将一只脚伸进了洞口。奥利维亚转向了朱莉娅说:"小女孩,那你呢?你会回来救我的,对吗?"

曼弗雷德在一边咳嗽了一声,提醒着主人自己的存在。

这下朱莉娅可为难了,她不像自己的哥哥那样善于说谎,而依照现在的情况来看她又不知道怎样摆脱奥利维亚的纠缠,于是她笑了一笑说:"说实话,我还没有决定是否跟他一起走……而且……我也不确定是不是能够逃得掉。"

"你当然能够做到!"奥利维亚一下子变得非常热情,谄媚地对她说,"你……你可是一个非常能干的小女孩!非常非常能干!你还记得你是怎么三番两次让曼弗雷德吃尽苦头的吗?"

在一边的曼弗雷德这时想起了自己数次从悬崖上掉下去的事情,显得十分气愤,说道:"嘿!话可不要说得太过分了!"

"你一定可以做到的……"奥利维亚继续说,"你一定不会就这样把我们丢在这里的,因为你是一个很善良的小女孩,不是吗?"

奥利维亚尽力使自己表现得更加和善一些,不过这些话让她看上去就像是在电视里向别人推销健身器材的推销员一样。

"还有……我们可不能将我们的钥匙都留在这里,呃,我是说你的钥匙。是吗?我没有说错吧?我们可以把那些钥匙分一下,我拿猫钥匙和狮子钥匙,你拿阿尔戈山庄的那些钥匙,这样你和你的哥哥就可以随时到处去玩了。或者,如果你愿意的话,偶尔也可以借给你的奥利维亚阿姨出去旅行一下,不是吗?或者我们可以叫上你的妈妈一起出游,这个主意不坏吧?而且,现在看来我们是在一条船上的人……你觉得呢?"奥利维亚极尽她的表演才能,对朱莉娅又吹又捧。

"你们慢慢考虑,我先走了。"利戈贝托说着潜下了管道中。

脚，身体，肩膀，最后是头，不一会儿他整个人就不见了。

朱莉娅探头往管道里张望了一下，只看到盗贼的脸在里面。"等我一下！"她冲着下面叫了一声。

"我……可不……上来了……"盗贼一边说着，一边慢慢地消失在黑暗中。

"在下面等我！"朱莉娅终于下定了决心，"我和你一起走！"

只听到从下面传来了利戈贝托的声音，但听不清楚他到底说了些什么。

"不要忘记我们在这里等你……"当朱莉娅将两只脚伸进管道里的时候，奥利维亚又一次提醒她。

"知道了。"

管道里又湿又滑，阵阵恶臭从下面传上来，管壁上似乎长有一些不知名的孢子状物体，滑溜溜，黏糊糊的，令人作呕。朱莉娅赤着双脚，尽力使自己保持平衡，她只觉得自己的脚下好像有着无数舌头以及湿滑的蘑菇。

朱莉娅心里不停地安慰自己：这只不过是一口井而已。

然后她调整了一下自己的位置，把双手紧贴着身体的两侧，只觉得自己开始慢慢地往下面滑去。"我一定可以做到的。"她给自己打气说道。

牢房渐渐地在她的眼前消失，她的脸距离下水道管壁只有几厘米的距离。她慢慢地抬起头看着上面，模仿刚才利戈贝托的做法，庆幸自己刚才没有吃过东西。

"一定可以成功的……一定可以成功的……"她不断地对自己重复着这句话。

不断地向下滑……向下滑……

"你一定能行的！"奥利维亚在上面对着她叫道。奥利维亚的"鼓励"令朱莉娅感到更加呼吸困难了。"你一定要回来啊！我给你所有的钥匙！所有的！"

渐渐的奥利维亚的声音被下面的水流声盖过了，朱莉娅又向下滑了一小段距离，接着她的脚突然接触到了一段管壁，然后整个人掉入了一根更粗的管道里，在这里深色的污水快速地向下流淌着。

她一下子透不过气来，幸亏她反应快，一个挺身，来到了水面上。她睁开了眼睛，感到自己已经可以呼吸了，这里上面的一小段空间刚好能够容纳她的鼻子和嘴巴，然后她开始四处找寻利戈贝托的身影。

"利戈贝托！"她叫道。

这时在她的身下，一只手抓住了她的脚。"救命啊！"她不禁叫了起来。

紧接着，利戈贝托那双青蛙般的眼睛出现在她的面前。

"你听到了吗？"奥利维亚探头朝着管道里张望。

"没有。"曼弗雷德冷冷地回答说。

"天哪，我怎么会问你这个问题？"她说，"你一定不会知道的……一定……"接着她回过头来，"那个小女孩已经下到底了。她真的做到了！从这里真的可以出去！这个该死的地方！"

"太好了。"曼弗雷德依然一副不理不睬的样子。

"当然好啦，哪像你？什么事情都不会做。"

曼弗雷德抬头看着窗户，射进来的月光正好照在他脸上的那道疤痕上。"这也不是我的过错，奥利维亚，那个恶心的下水道我根本就进不去。"

"恶心的下水道？看来你是忘记每次我都是怎么救你的事情了。"

"我的工作已经够辛苦的了，而且我每天也没有赚多少钱。"曼弗雷德有些抱怨地说。

"废物！你根本就是一个废物！"奥利维亚依然喋喋不休地说，"那天中介所怎么会向我推荐你这么个窝囊废的？"说着她又转向了下水道，"我怎么又会相信那个中介的话选择了你这个家伙，只知道把我的车子弄坏！"

"我说过那辆车子是因为……"

"那辆摩托呢？还有那辆沙滩车呢？"奥利维亚继续说，"你这个没用的东西，都是因为你，别人都已经跑掉了，而我们还只能待在这里。"

"也许你也应该想想好的一面：这样我们就可以吃双份的晚餐了。"

"谁告诉你他们会给我们送四人份的晚餐的？还有，你什么时候学会用这种口气对我说话了？小姑娘……"她整个脑袋都快伸到下水道里去了，"不要忘记我啊！！"

在被骂了无数次废物之后，曼弗雷德今天的脑袋似乎一下子短路了。

"我受够了。"他注视着自己那个瘦小的女主人的身影说道。

然后走了过去。

"一定要记得啊！要……"奥利维亚刚叫到一半，就感到自己的脚踝被一双男人的大手给抓住了，随后她觉得自己的脚被人抬了起来，头朝下，向着下水道里面。

"曼弗雷德！"她叫道，"快放开我！"

"是的。"曼弗雷德冷静地说道，"屏住呼吸吧，你这个疯子！"然后将她头朝下塞进了下水道。

随后曼弗雷德似乎还觉得不过瘾，又在奥利维亚的屁股上狠狠地踹了一脚。

　　这个女人就像是枪膛里的一枚子弹一样滑进了下水道，她既气愤，又害怕，努力使自己保持呼吸。

　　"曼弗雷德！！！……"她用尽了最后的力气大声叫道。

　　她的声音渐渐被下水道的水流声淹没了，只听到些许回音，最后终于消失了。

　　"这下安静了。"曼弗雷德微笑着说，然后坐回到他自己的那张木板小床上。

第十五章
老友相会

在内斯特的小屋里气氛显得有些活跃，大家各自做了一下自我介绍，当然睡不醒的弗来德最终还是决定闭上眼睛继续睡觉。布莱克·沃卡诺讲述了一下他那边的情况："事情是这样的：昨天在我的实验室里，彼得留下的那台织布机突然开始运作，吓了珍珍一跳。"

"在此之前我们可从来没有使用过它。"坐在瑞克身边的这个中国女人说道。

"里面编织出来的……"布莱克继续说道，"是一则消息，上面说在不久之后会有我不想见到的人过来拜访。"

布莱克给其他人看了弗来德送来的彼得的字条。

"可是我从来都没有见过主钥匙！"布莱克·沃卡诺说。

"伦纳德说他今天晚上在基穆尔科夫附近的海域里找到了一艘沉没的帆船，而主钥匙就在那里面。"瑞克说道。

"弗娜号。"伦纳德的眼睛里闪着兴奋的光芒。

"弗娜号？"布莱克·沃卡诺几乎叫了起来，"我没有听错吗？你真的找到了那艘船？"

伦纳德点了点头说："不过我可能不是第一个到达那里的人。"然后示意布莱克继续说他那边的情况。

"我在收到消息之后的第一时间就开始行动了，并且把钥匙都带了过来……"说着，布莱克打开了随身携带的一个盒子，里面放着马钥匙、鲸鱼钥匙、龙钥匙、猛犸象钥匙和猴子钥匙。"这里就发生了一件奇怪的事情……"他接着说："你们也知道，我走的时候把阿尔戈山庄的四把钥匙也一起带走了，而在那之后我把保管钥匙的箱子放在一个很安全的地方，没人动过那些钥匙……但是那四把钥匙却神秘地失踪了。"

"最终它们又出现在基穆尔科夫。"

"是真的吗？"布莱克·沃卡诺很惊奇地看着众人。

"和上一次的情况一样。"伦纳德说道。

内斯特双手撑着膝盖站起身来说："是啊，和上次一样。不过现在问题的关键不是这个，而是奥利维亚和另外两个孩子拿着这些钥匙去了杰尼花园了，也就是你过来的地方。"

"是的，这确实是一个问题。"布莱克·沃卡诺接过话来说，"彼得给我留下的消息上，只是说到奥利维亚会从阿尔戈山庄的时间之门过来。"

"那对此你是怎么应对的呢？"伦纳德问道。

"我通知了那些士兵说会有入侵者过来，接着他们抓住了两个人，然后我就让珍珍陪我一起过来这里，这样的话那两个人就再也不能通过那扇时间之门回来了。"

"不过现在的情况是你有一半的可能令杰森和朱莉娅无法回来。"内斯特说。

"去了四个人……"瑞克低声自语，"回来了两个。"

"正确的说是有三个人可以回来……"伦纳德在纸上比画着，说道，"布莱克，你从基穆尔科夫出发的那扇时间之门还可以有一个人通过吧。"

"这样看来一共有三个名额，四个人。"

"也就是说他们中间将有一个人被永远地困在杰尼花园了……"瑞克说。

"你们有什么好建议吗？"布莱克一边说着，一边紧紧地抓住他的女助手的手。

伦纳德说："首先我们要监视着那两扇时间之门，如果是奥利维亚或者曼弗雷德出来的话……我们必须立即阻止他们。"

"这个没有问题，我们这边有珍珍！"布莱克·沃卡诺骄傲地说，"快，给他们看看我们的武器！"

珍珍从她的背包里取出了五个装有绿色液体的瓶子。

"在调配这些药剂方面，珍珍可是专家。"说着布莱克将瓶子放在桌子上，"只要打开瓶子，让别人闻到这个味道就可以让对方昏睡过去。嗯，这里正好有五瓶，我拿一瓶，珍珍一瓶，伦纳德……内斯特各一瓶，最后一瓶就交给你了，小班纳。"

在提到了班纳这个名字的时候，布莱克似乎感到了一丝异常，伦纳德狠狠地瞪了他一眼，使他把本来想要说的话又咽了下去。

"谢谢了，沃卡诺先生。"瑞克略显尴尬地说，"不过我现在先要回去一趟，我不希望我的妈妈太担心我。"瑞克吸了一口气说，"不过……我还想知道更多的事情，尤利西斯先生。"

内斯特站在那里一声不吭，而布莱克却叫了起来："尤利西斯？啊，算了！"

"我们来分配一下吧，"伦纳德赶紧岔开了话题，"我去火车那里的那扇时间之门，如果我没有记错的话，应该离这里不远……"

瑞克点了点头说："是的，就在墓地的下面。"

"我想最好我把弗来德也带上。"伦纳德继续说，"这样至少他不用在这里睡觉，而布莱克、内斯特和珍珍就在这里看守阿尔戈山庄，至于你，瑞克……"

这时屋里的电话突然响了起来。

"都这么晚了，会是谁呢？"内斯特拿起了听筒说，"喂？是的，我就是……啊，你好，菲尼克斯。"

其余人相互之间交换了一下惊奇的眼神。

"不，瑞克在我这里。他很好，没有任何问题，啊？是吗？哦，天哪……不，我不认为……"说着内斯特用手捂住听筒，问瑞克最后一次是什么时候和他的妈妈通话的。

"我给她打过电话，"小男孩说，"但是没有人接听。"

"菲尼克斯？"内斯特重新对着电话说，"他们没有通话过。好的，我知道了，我们见面再说，是的，我们马上就来。"他挂上了电话，然后转向瑞克说："菲尼克斯神父看到你们家所有的灯都亮着，门敞开着，但是你的母亲却不在里面。"

"哦，糟糕……"瑞克显得有些焦急。

说完内斯特从衣架上拿起一件外套，然后打开抽屉，从里面取出了一串钥匙准备出门："那就先麻烦你和你的助手留下来看着阿尔戈山庄了，我和瑞克到镇上去一趟。"

"我们怎么过去？"瑞克一边跟着内斯特，一边问道。

内斯特走出小屋，一瘸一拐地走向了阿尔戈山庄的旧车库，打开大门，掀起盖布，里面是一辆尤利西斯·摩尔曾经用过的老式三轮摩托，然后他扔了一个头盔给瑞克说："这个头盔以前是珀罗珀戴的，你用刚好合适。"

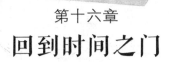

第十六章

回到时间之门

一个浑身散发着恶臭，湿漉漉的人影出现在水池边的台阶上，第一个人弯着腰，摇摇晃晃地走着，而朱莉娅紧跟在他的身后并回头把奥利维亚拉上来。

上了岸之后，他们一声不吭地沿着水池边走进了另一条狭窄的通道。利戈贝托用手指了指前面的一段阶梯，另两人顺着那个方向看见在阶梯的尽头有一排木栅栏，同时他们也看见了夜晚的星空。虽然此刻朱莉娅依然身处异乡，而且浑身恶臭，但是她却感觉到了一种解脱……

"这里离你们要去的那个庭院不是很远……"利戈贝托说着带头爬上了栅栏，污水不断从他的囚服上滴落下来。

三个人终于重获自由，忍不住多呼吸了几口外面的新鲜空气，然后回过头来看着牢房在夜色中那突兀的影子：他们所有的钥匙和财物还都在那里面。

"我建议我们先离开这里。"奥利维亚说，"那些钥匙我们可以之后再回来取，而且曼弗雷德留在那里面也不会有什么事情！"

"那里面除了那些钥匙之外还有我的笔记本！"朱莉娅说。

"我们应该赶紧离开，"奥利维亚继续说，"至少应该先清理一下身上的这些东西，像现在这样，别人在一公里之外就能够闻到我们身上的味道了。"

"这倒是真的。"朱莉娅点了点头说。

"那往这边走吧。"利戈贝托说着迈开了步伐。

一边走着，朱莉娅一边看着她前面的奥利维亚：这个他们最大的敌人此刻看上去完全是一副狼狈不堪的样子，充其量她也只是一个有点歇斯底里的女人而已。然后朱莉娅又想到了自己的哥哥，不禁微微一笑：她此刻最希望的，就是杰森能够像之前所说的那样在时间之门那里等她，或者至少在那里留下什么记号。至于那些钥匙和笔记本……

"我们还是一件一件事情去做吧。"她自言自语地说。

"你说什么，小家伙？"奥利维亚一边扶着墙壁走着，一边问她。

"我可以问你一件事情吗？"朱莉娅并不希望奥利维亚知道她的想法。

"当然可以。"

"有一件事情我一直都没有弄明白。"小女孩问道，"当时你从我哥哥和瑞克的手里抢走了那张基穆尔科夫的地图……"

"啊！"奥利维亚夸张地叫了起来，"真是太遗憾了，我想……那是我们之间的一次误会而已……也许我事先没有和他沟通好……"

"不，我想问的是，"朱莉娅并没有太多兴趣听奥利维亚那些假惺惺的话，"你是怎么知道在古埃及会有这张基穆尔科夫的地图的呢？"

确实，三个孩子是得到了玛鲁克的帮助，并借助尤利西斯·摩尔的笔记本，再加上一点点的运气，费尽了千辛万苦才找到那张地图的。

"哦，那是我的妈妈在给我那把钥匙时告诉我的。"

朱莉娅惊奇地问："你的妈妈？"

"是的，当然。"奥利维亚说，"不然的话，你觉得像我这样一个有钱人为什么会到基穆尔科夫这样一个又穷又落后的地方来？"

朱莉娅走着，脚下突然一个踉跄，差点摔一跤。这与她之前掌握的信息不同，之前她所知道的，是说奥利维亚是从她的老师，也就是比格斯小姐的姐姐那里得到那把钥匙的，而现在看来似乎一切都要推翻重来了。

"那你的妈妈是谁？"她问道。

布莱克·沃卡诺看着内斯特开着他的那辆三轮摩托车离开了山庄。一会儿后，伦纳德也带着睡眼惺忪的弗来德离开了这里。

他重新走进了阿尔戈山庄，去向珍珍解释这里到底发生了些什么事

情。可怜的珍珍作为一个生活在中世纪的中国女人，现在的脑袋里充满了各种各样的疑惑。从刚才一进餐厅开始，她就找到了一系列稀奇古怪的东西：有一个里面会发光的柜子（冰箱），会流出热水的管道（热水器水龙头），一些奇怪的按钮，按下去之后旁边的房间里会发光（开关）。

这些让她觉得不可思议的东西中既有像衣柜、沙发这样再普通不过的生活用具，也有诸如时间之门这样少见的东西。

"我现在要去做一件很重要的事情。"布莱克·沃卡诺一边对珍珍说，一边走上了楼梯。

他的女助手就跟着他来到了一处铺有明亮瓷砖的房间里。

布莱克看了看浴缸的大小，最终还是调节了一下水阀，用冲淋的方式洗澡。他打开水龙头，不一会儿，一股冒着热气的水流喷射而出。

"啊！"布莱克用手试着水温，嘴里发出啧啧赞叹："就是这样！好久没有这么痛快了！"

接着他脱去了身上的僧袍和脚上的运动鞋，突然似乎想起了什么，他回过头来对着女助手说："要不你先来？"

珍珍疑惑地看着花洒里喷出的热水，又环视了一圈这间奇怪的房间，摇了摇头。

"那你在外面稍微等我一下。"说着布莱克走进了冲淋房。"啊！"他发出愉快的叫声，"对了，你去楼下吧，如果见到奥利维亚的话就先让她睡上一觉……"

珍珍点了点头，然后转身走了出去。

"还有一件事情！"从浴室里又传来了布莱克的声音，"你可以把洗发水递给我吗？"

利戈贝托、奥利维亚和朱莉娅走上了之前的那个平台，上面的火堆还留有余温。三人推开了大门，走进了通向时间流逝之庭的阶梯。

"我们就是在这里见到布莱克·沃卡诺和他的助手的。"当朱莉娅经过两个巨大的花瓶时，她回忆说。

"嗯，是的……"奥利维亚随口说了一句，很明显她并没有在听朱莉娅说话。

朱莉娅缓缓地走下楼梯，心里只希望在下面能够见到杰森的身影。三人来到了时间之门的门口，但是这里空无一人。

"现在我们该怎么办？"她吸了口气，开始在四周寻找自己的哥哥可能留下的线索。

而奥利维亚则目标非常明确，她一路小跑着来到了时间之门的前面，随后停在了一处脚印边上。

"果然像我想的一样，"她自言自语地说，"布莱克·沃卡诺已经回阿尔戈山庄去了。"

"奥利维亚！"这时朱莉娅叫道。

她和利戈贝托跑到了时间之门前，问道："你打算怎么办？"

"我回去了。"她冷冷地回答说。

"这怎么可以！"朱莉娅说，"我们的钥匙还留在这里！如果回去的话我们就再也不能过来了！"

可是奥利维亚并没有理睬朱莉娅的话，她着急地打开了时间之门，然后回头说道："听着，小姑娘，谢谢你的关心，不过我现在只想尽早离开这个鬼地方，你可以继续留在这里等你的哥哥，然后去找那些钥匙，随便你们怎么做都可以，反正我要走了。"其实这也并不完全正确，因为如果布莱克带着主钥匙回到了基穆尔科夫的话，只要能够找到他就可以来了，当然这些想法奥利维亚是不会告诉朱莉娅的，最后她说了一句："如果你们见到曼弗雷德的话，就随便你们处置了，我想他会很高兴见到你们的。"

说完她消失在了时间之门里。

"奥利维亚！"身后的朱莉娅又叫了一声。

珍珍等在阿尔戈山庄浴室的门外，突然她听到楼下传来了一些奇怪的声音，好像是一个女人在叫着某人的名字。布莱克此时正在浴室里哼着歌曲洗澡，对这一切都没有注意。

年轻的女助手拿起手中的那瓶催眠液轻轻地走下了楼梯，躲在阴暗处，这时她又听到了那个女人的叫声。这下珍珍看清楚了，那个女人就在玻璃门的外面。

于是珍珍偷偷地躲到门后，将门稍稍拉开一条缝以吸引那个女人进来。门外的那个女人在院子里东张西望了一阵子，好像在找人一样，然后她拉开门走了进来。

"瑞克？"帕特利茜亚·班纳刚开口说话，鼻子里便闻到了一阵淡淡的菊花香味，然后就倒在地上不省人事了。

在时间之门的另一边，朱莉娅回过头来看着利戈贝托说："我没想到她竟然真的这么做了。"

"难道她做了什么很危险的事情吗？……"年迈的盗贼说着走近了时间之门。

"不！"朱莉娅突然叫了起来，"不要打开那扇门！"

"为什么？"盗贼被吓了一大跳说，"这扇门有什么特别的地方吗？"

"现在我没有办法对你说明，但是请你相信我。"

现在朱莉娅的脑子里一片混乱，不断有各种各样的想法涌现出来。

首先：她可以选择跟着奥利维亚走进时间之门，在阿尔戈山庄里她的父母会帮助她一起抓住奥利维亚，可是怎样才能阻止利戈贝托跟随着她呢？还有杰森怎么办？难道就这样把他一个人留在这里？

第二：留在这里等待杰森，然后跟他一起回去取钥匙和笔记本，同时她还要想办法说服利戈贝托帮助他们，而且不要穿过时间之门。

第三：赶紧回到阿尔戈山庄洗一个澡。

正当朱莉娅在衡量应该怎么做的时候，那个老盗贼开始在附近转悠了起来，并且眼睛一直盯着地板。

"看来这里已经有许多人来过了……"盗贼弯下腰看着地上的脚印说，"一个，两个，三个……至少。"

"你说三个是什么意思？"朱莉娅一边问道，一边冒出了第四个想法：布莱克·沃卡诺、他的助手和奥利维亚已经穿过了时间之门……"这样说来，能够穿过时间之门的名额只剩下一个了……"她看着时间之门说。

"你说什么？"利戈贝托抬起头来问道。

他眨了眨眼睛，惊奇地发现这附近已经空无一人了，刚才的那个小女孩不知道去了哪里。

他走近了那扇门，用力推了一下，然后又拉了一下。

门已经无法打开了。

第十七章
士兵与盗贼

两个黑影出现在篝火边的墙壁上，他们穿过了一片柏树林，然后又绕过了迷宫一般的通道，走上了一段阶梯。

在来到了阴森的监狱大楼之后，达戈贝托向杰森展示了他刚才从睡着的士兵行囊里找到的五枚金币，并且向杰森解释了他的计划。

于是两人绕着建筑物的外沿开始寻找一个合适的士兵下手。

最先见到的两个士兵似乎看上去都比较严肃，不是非常合适，而第三个见到的是一个胖胖的守卫，两人一致觉得这个人可能没有什么权力。直到来到了第三扇大门前，他们看到了一个年轻的士兵靠在长戟上，头下垂着，似乎昏昏欲睡。

"就是他了。"达戈贝托说着从藏身之处走了出来。

两个人故意弄出了一些声音吵醒了这个士兵。

"喂，那里的人！站住！"那个士兵一下子醒了过来，头盔依然歪歪扭扭地套在头顶上，他举起长戟指向两个孩子，脑子里似乎还没有弄明白究竟发生了什么事情。

达戈贝托拿出了一枚金币在那个士兵的眼前晃了一下说："求求你行行好，我们的爸爸被抓进去了，我们希望能够见他一面。"

守卫手中的长戟从达戈贝托的身体指向了那枚金币，似乎正在怀疑眼前的这两个小孩哪里会有那么多钱，不过他的神情已经比刚才柔和了许多。"是的，当然没问题，小家伙。"他决定说。

这枚金币被达戈贝托往天上一抛，随后准确地落在士兵的手掌里。

士兵露出了一丝不为人察觉的微笑，然后拉开了通向监狱的闸门。

在闸门的内侧，零星的一些火光使得通道变得依稀可见。

"你认识这里的路吗？"杰森问道。

"当然。"达戈贝托说着和杰森一起走了过去，在经过那个士兵的时候他突然脚下一个趔趄，撞在了士兵的身上，然后他吓得连忙道歉。

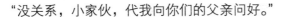

"没关系，小家伙，代我向你们的父亲问好。"

"一定会的！"小男孩说着进入了闸门。

随后达戈贝托摊开了手掌，五枚亮灿灿的金币赫然在手。

一个又一个士兵，一枚又一枚金币，两个孩子像幽灵一般一路躲躲藏藏向着监狱的中心靠近，手中的金币却一直都没有减少，在经过了黑色池塘、回音走廊、黑暗大楼、无窗过道和曲曲折折的阶梯之后，最终他们来到了关押新囚犯的地方。

两人略显担忧地交换了一个眼神：关押犯人的牢房就在前面那座横跨护城河小桥的对面，在左侧有一个守岗亭，里面传出了阵阵笑声。

杰森和达戈贝托来到了岗亭门前，轻轻敲了敲门。里面的两个士兵正在赌钱，听到了敲门声之后，一下子从桌边蹦了起来，四处寻找自己的佩剑。

"你们是什么人？"一个长着铲状胡须的士兵问道。

杰森和达戈贝托同时拿出一枚金币说："我们是过来找我们的妹妹的。"

"妹妹？"铲子胡须整理了一下自己身上的外衣问，"你们说的是什么妹妹？"

"是一个和我差不多年纪的小女孩，"杰森解释说，"和我长得很像，她是今天晚上被抓的，我们过来只是为了看一下她是否还好……"

孩子手上的金币发出了令人无法抗拒的光芒。

两个士兵相互看了一眼，随后其中的一个走到了地上的行李箱前，从里面取出了一件衣服。

"她穿的是这样的衣服吗？"他问道。

"是的。"杰森尽量克制住自己的担心和不安。

那个士兵重新关上了行李箱，然后铲子胡须回过头来对两个孩子说："事实上……按照规定你们是不可以探视犯人的……而且你们本身也不应该出现在这里。"

"求求你们了……"达戈贝托坚持说，"我们只不过想要看一眼我们的妹妹，确定她现在一切都好。"

很快地，第三枚金币到了那个士兵的手上。

"好吧！"这时铲子胡须点了点头，示意他的同伴从墙壁上拿下了一个巨大的黑色钥匙圈，"带他们去一号牢房。"

然后他把金币放进了自己的口袋。

杰森和达戈贝托跟随着士兵走进了一条通道，然后跨过了饲养着鲤鱼的护城河。这时杰森脑袋里想着接下来应该怎么做，而达戈贝托看上去并不十分担心，也许他正在盘算着应该怎样使用剩下的两枚金币来带走朱莉娅。

走过了桥之后，守卫来到了第一间牢房前开始寻找钥匙。"能够看到你们一家人团聚真是不错……"他说着将钥匙插入了锁孔之中。

牢房的铁门被打开了。

"请吧。"他指着昏暗的牢房里说。

"呸！是士兵！"这时里面突然传来了曼弗雷德的声音，在众人还没有来得及反应过来的时候，那个士兵的脸上已经结实地挨了一拳。

在那个士兵倒地前的一瞬间，曼弗雷德的手一把抓住了他，然后将他拖进了牢房。

"你们来得还真快……"他说着，然后仔细看了看杰森和达戈贝托，

"嗯？怎么会是你们？"他有点惊奇地说。

达戈贝托担心地朝身后看了看，然后从锁孔里取出了钥匙，走了进去。

"朱莉娅呢？"杰森问道。

"嗯，是的，原来她叫朱莉娅……"曼弗雷德说道，"朱莉娅不在这里，我刚才还以为你就是她呢！"

曼弗雷德将士兵的身体靠在角落里的墙壁上，然后又给了他一拳，在确定这个人已经失去知觉之后，他很快地脱掉了士兵身上的衣服。

"我不明白！"杰森紧张地问道，"你怎么会在这里？还有，我的妹妹在哪里？"

曼弗雷德蹑手蹑脚地穿上了士兵的盔甲，嘴里一直不干不净地骂骂咧咧，觉得这件衣服实在太不合身。"听着，虽然我知道你们不是专程过来救我的，不过我还是应该感谢你们，欠你们的人情我会还的。"

"朱莉娅人呢？"

"她和你的朋友从那里离开了……"曼弗雷德先指了指地板上的下水道洞口，然后指了指达戈贝托说。在看清楚了达戈贝托只是一个小孩之后，他又补充说："不对，不是他……是一个和他有点像的人，但是年纪比他大。"

达戈贝托手里拿着那串钥匙在牢房里转了一圈。

"那条下水道通向哪里？"杰森问。

曼弗雷德扶正自己头上的头盔，然后束紧腰带，绑好佩剑说："我也不清楚，好了，我们走吧？"

"你想就这样出去？"杰森看着眼前显得有些不伦不类的曼弗雷德，觉得既惊奇，又好笑。

达戈贝托晃了晃手中的钥匙说："这是一个好主意，不过我们可以

先叫一些同伴过来……"

在听到了第一声兴奋的笑声时，铲子胡须正将三枚金币放在手中不断把玩着，而接着又传来了第二声笑声，他疑惑地抬起头来，直到整个过道里充满了各种嘈杂的声音的时候，他才觉得似乎有什么地方不太对劲，走出了岗亭。

他只见眼前人头攒动，所见之处都是穿着囚服的人。

"不是吧！"他惊叹了一声，然后赶紧躲进了岗亭里蹲下身子。

随着一阵欢声笑语和数不清的脚步声，至少有五十个人从他的岗亭前经过，那样子就像是学校里期末考试之后放假了一样。

在第一波人群过去了之后，铲子胡须重新站起身来，想要弄明白究竟发生了什么事情。他弯下腰捡起了掉在地上的头盔，然后立刻冲到了门口，大声叫道："来人啊！"

但是他很快就被一个同伴阻止了，只看到对方的脖子上留有一条长长的疤痕。

"囚犯都逃跑了！"铲子胡须冲着同伴叫道。

"我知道！"曼弗雷德不等对方反应，迎面就击出一拳将铲子胡须击倒在地，然后冲着他吐了一口唾沫，"呸！该死的士兵！"便跨了过去。

两个孩子赶紧来到了行李箱前，杰森找出了所有的钥匙，但是却被曼弗雷德一把抓住了手臂，然后曼弗雷德从其中拿走了猫钥匙和狮子钥匙说："如果我没有记错的话，这两把钥匙是我的，看在你救了我的分上，其余的钥匙你可以拿走。"

说着他放开了杰森的手臂，让他取回了阿尔戈山庄的四把钥匙和朱莉娅的衣服。达戈贝托拿走了那本笔记本，杰森并没有阻止他。

说话算话！

曼弗雷德又从中拿走了自己的衣服和那副坏掉了的墨镜，然后关上了行李箱，顺便把桌子上的硬币分给了三人，每人拿到一枚。

接着，三个人慢慢地沿着原路走向监狱大楼的出口，每当见到有士兵经过的时候，曼弗雷德便假装抓住两个孩子，并且叫道："看你们还往哪里跑！"然后指示其他士兵去追捕别的逃犯。

就这样，大约十五分钟之后，三人离开了监狱大楼。

"哦……"布莱克·沃卡诺最后发出了欣喜的叹息声，然后关上了水龙头。

相比于汽车或是手提电话，此时的布莱克觉得回到现代带给他最大满足的莫过于洗一个热水澡了。布莱克走出了冲淋间，将一块毛巾铺在地上，双脚踩在上面擦干了身体，然后他来到了浴室的衣橱边，从里面取出了一件蓝色的浴袍，口袋上面绣着一个字母"C"。

"看来摩尔家族的时代已经结束了……"他一边说着，一边费劲地套上了浴袍。

他走到了镜子前：在中世纪生活的这几年让他消瘦了不少，但看上去却更加干练了，而且双眼很有神。

他一边吹着口哨，一边在梳妆上的一排香水里挑了一瓶绿色的香水，然后喷洒在身上。

这时珍珍在外面敲门。

"我抓到她了！"她在门外说道。

布莱克·沃卡诺打开了门让她进来，问："你抓住谁了？"

"那个女人！"珍珍微笑着说，她对于自己每次都能够顺利地完成布莱克吩咐下来的任务而自豪。"她就在楼下，你过来吗？"

"奥利维亚·牛顿？稍等一下，我马上来！"布莱克一边说，一边

光着脚走到他那双已经破烂不堪的运动鞋旁。

正当他要穿上那双运动鞋的时候，他突然看到旁边放着一双崭新的苏格兰式布鞋，他试了试，正合脚，于是他便毫不犹豫地穿上了，然后跟着助手走下了楼梯。

"好香啊……"他的助手回头看着布莱克·沃卡诺说。

"这就是文明，亲爱的！"

两人来到了楼下，然后转到左边的一个房间里，那个女人正躺在沙发上，睡得很沉。

"终于逮到了！"布莱克·沃卡诺欢呼着走近一看，然后皱起了眉头。"我还以为会是一个年轻的女孩呢。"接着他笑着对他的助手说，"听彼得说奥利维亚是一个大美人……嗯，不过彼得的口味总是比较特别一点……尤其是对于女人方面！"

布莱克说着抱起了珍珍，在她的额头上印上了一个香吻。这时从他的身后传来了一些声响，他回过头来。

"怎么回事？"他看了看珍珍，然后来到了楼梯处。

两人听到了一声歇斯底里的大笑，然后传来了一个声音："我终于回来啦！没错！这里就是阿尔戈山庄！"

两人悄悄地走到了电话机房，看到从时间之门后面走出了一个衣着破烂的女人，珍珍不由自主地向后退了一步。

"我不会就这样让你轻易跑掉的，奥利维亚！"另一个女孩的声音紧跟着从后面传了出来，"站住，你这个小偷！这里是我的家！"

布莱克和珍珍这才意识到原来从时间之门里又出来了两个人，现在这两人面对面站在门拱的下面，似乎准备大吵一架。

"请问，这里到底发生了什么事情？"基穆尔科夫的火车管理员身穿科文德先生的浴袍，脚上趿着科文德先生的苏格兰布鞋走上前去，"你

们是谁？"

　　刚才还怒目而视的两个人见到了布莱克·沃卡诺之后一下子变得茫然起来，似乎在怀疑自己是否走错了地方。

　　"爸爸？"朱莉娅看着那件浴袍说。

　　"爸爸？"奥利维亚也意外地叫道。

第十八章

分道扬镳

膝盖上的那条毛毯根本就无法阻止冷风穿透，瑞克坐在尤利西斯·摩尔的三轮摩托车里被风刮得脸上只觉得阵阵刺痛，嘴都无法合拢。内斯特驾驶这辆摩托车显得轻松自如，在拐角的地方他依靠上身倾斜，使得摩托车非常平稳地拐了过去。两人沿着曲折的山路，高速行驶着，目标直指基穆尔科夫——已经一片寂静的小镇。

摩托车的引擎发出的轰鸣声使得瑞克根本无法听到内斯特的声音，更别提说话了，直到最后内斯特将摩托车停在离他的不远处，他才终于能够缓过气来。

内斯特慢慢地下了摩托车，一瘸一拐地绕着它走了一圈，然后将头盔挂在了把手上，轻轻地拍了拍自己的摩托车，似乎在赞许它刚才的表现。

瑞克从侧箱里爬了出来，然后在地上蹦了两下，让自己的双腿能够恢复知觉。

"你好，菲尼克斯……"内斯特转向了门口的那个黑影说，"我们用最快的方法赶过来了。"

菲尼克斯神父朝瑞克笑了笑，然后和内斯特握了握手，拍了拍他的肩膀说："我们有好久不见了吧？"

"是啊，也许我应该经常过来帮你浇浇花。"

神父并没有多说什么，他指了指瑞克的家，房子里所有的灯都亮着："我叫你们过来主要是为了这件事情：房间里的灯全部都亮着，但是里面却空无一人。"

瑞克担心地摇了摇头说："是我不好，我应该事先通知我的妈妈我不回来吃饭的。"

"我想你的妈妈出去找你了。"菲尼克斯神父说，"她给你留了一张字条，应该没有走远……也许我们在这里一起等她比较好。"

三人走上了阶梯，进入了屋子。"给您添麻烦了，真是抱歉。"瑞克随手关上了大门。

他母亲留下的字条就在厨房间里，上面写着：我出门找你去了，如果你先回来的话就留在家里不要离开。

瑞克又一次感到十分内疚，他让内斯特和菲尼克斯神父坐在桌子的旁边，然后问两人是否要喝一些热汤。

"为什么不呢？"神父的话令内斯特抬起了头来，从他的眼神中似乎透出一丝不安。

阿尔戈山庄的老管理员走到窗户旁朝外面看着。

"你担心有人会把你的那辆三轮摩托车偷走？"菲尼克斯神父问道。

"嗯。"

瑞克将锅子放在炉子上，然后找出了三个碟子和三个酒杯放在了桌子上，又取出了一把木勺搅拌锅里的汤。他一边做着这些，一边说："原来你们是老朋友……"

"是啊。"菲尼克斯神父说。

"伦纳德和内斯特把你们那个难忘的夏天的事情告诉了我，还讲到了那个放置钥匙的盒子。"

神父看了看内斯特，然后说道："你是说时间之门的钥匙吧？"

"是的。"瑞克回答。

"除此之外他还告诉你其他的事情了吗？"

"没有，后来我们接到了你的电话就赶过来了。"内斯特说。

"你们说到哪里了？"

瑞克知道菲尼克斯神父指的是什么，说："说到内斯特和尤利西斯·摩尔就是同一个人。"

菲尼克斯神父若有所思地点了点头。"有些事情你们迟早会知道的。"

"嗯，是啊。"内斯特拉开一边窗帘看着外面，然后补充说，"我现在出去找你的母亲，也许她去酒吧那里找你了。"

说着他快步离开了屋子。

这时厨房里只剩下瑞克和菲尼克斯神父两个人了。瑞克端上了一碗热汤，然后切了一些包递给神父。

"刚才您说到关于其他的事情指的是……"瑞克追问道。

"在那年的夏天之后，我们有好几年都没有怎么见到摩尔家族的人了……"神父吸了一口气，开始述："可能有偶尔几次我们大家见了面，但也只不过是打一个招呼而已。直到尤利西斯的外公去世，然后约翰决定到这里来定居之后，情况才有所不同。这大约是三十年前的事情了，当时我们都已经长大，但是依然没有人知道那些钥匙的用处。在约翰重新来到阿尔戈山庄之后，有一天他收到了一个放有四把钥匙的包裹，然后阿尔戈山庄的时间之门被重新开启，他们随后也找到了墨提斯号……"

"这个他们已经对我说过了……"瑞克喝了一口热汤。

"这样说来，他们应该也已经告诉过你关于摩尔家族的人曾经实现过的旅行了喽？那时候他们经常会去旅行，当然有时候会带上我们中的一些人一起去，直到……直到那次去了18世纪的威尼斯，在那里尤利西斯·摩尔见到了珀罗珀。"

"是的。"瑞克点了点头。

"两个人一下子就擦出了爱情的火花，那完全是毫无征兆的，而且双方都陷得很深。那时我还在外地完成我的宗教学业，很快我就回到这里，成为了圣亚戈布教堂的神父……"菲尼克斯神父继续说道，"有一次尤利西斯的父亲到教堂里来做忏悔，他说为了成全尤利西斯和珀罗珀，他决定去 18 世纪的威尼斯生活，后来他真的这样做了：约翰去了威尼斯，而珀罗珀来到了基穆尔科夫。当两人结婚的时候，是我为他们主持婚礼的。这样一来在那个难忘的夏天里组成的那些成员有了一些变动：我选择了退出，赫利斯坦内斯查去了外地教书，而卡里普索在平时不下棋的时候会经常参加他们的活动。"

"下棋？"

"这是他们最喜欢的游戏，而且有时候我在空闲时也会去阿尔戈山庄，或是彼得的旋转镜屋里下上几盘，当然……这个话题扯得有些远了。"菲尼克斯神父将勺子放在了桌子上，继续补充说，"这些人当时完全为时间之门的旅行所痴迷，随着一扇又一扇时间之门被发现，危险和灾难也接踵而至了，因为有些时间之门通向的是美丽的国度，而另一些则会通向一些危险的地方。当初雷蒙德和他的儿子威廉应该已经意识到这个问题，才会试图把所有的钥匙藏起来……也正是他们，为了缅怀那些时间之门的设计者，才建造了乌龟花园……"

瑞克偷偷地打了个哈欠，希望菲尼克斯神父能够讲得快一点。

"有些事情是我们无法用目前掌握的科学知识解释清楚的，显然时间之门就是一个例子……而我的那些朋友们则希望不惜一切代价，找出谁才是那些门的设计者，以及为什么要设计那些时间之门。他们曾经怀疑过会不会是摩尔家族的先辈夏维尔，也有人认为门的设计者早就已经去世了，可是被寄往阿尔戈山庄的那四把钥匙又是怎么一回事呢？"

这时瑞克放下了勺子，留神听着神父的话。

"我虽然不是很清楚最后他们究竟发现了什么，不过我想应该没有什么大不了的进展，倒是彼得发明了一种能够穿越不同时间之门而相互

传送消息的机器……然而，大约在十年前，这个团队解散了。"

"解散？怎么回事？"

"当时发生了一次事故。在一次旅行途中，伦纳德和尤利西斯差点丧命，伦纳德失去了他的眼睛，而尤利西斯也受了重伤，他们开始意识到这些时间之门的危险性。于是这个团队决定让基穆尔科夫与世隔绝，并且关上所有的时间之门，藏起所有的钥匙。整个历史又被重复了：起先是雷蒙德，现在是尤利西斯，他们都是在打开了时间之门后又决定关上它。后来珀罗珀过来向我要我的那把钥匙。"

"你给她了吗？"

"当然，我把钥匙交给她，毕竟对我来说这只不过是一把手柄上刻有猴子的普通钥匙而已。于是，除了赫利斯坦内斯查说她在外地教书的时候弄丢了钥匙之外，其他的钥匙都被他们收集起来。"

"而事实上她并没有弄丢钥匙。"

"当时只有伦纳德不同意大家的意见，于是在把自己的钥匙交出来之后，他开始独自一人寻找一把更重要的钥匙——主钥匙。为此他和尤利西斯曾经大吵一架，而尤利西斯在那之后也不再允许伦纳德进入阿尔戈山庄了。不过伦纳德依然固执地按照自己的想法行动，这个时候，你的爸爸也被卷了进来。"

"我的爸爸？"瑞克问道。

"是的，因为那七把钥匙是从海里漂上岸的，所以伦纳德理所当然地认为主钥匙也应该在大海里的某个地方，而你的父亲是个很出色的水手，于是两人经常结伴一起出海寻找线索。"

瑞克终于开始对事情的来龙去脉有所了解了。

"伦纳德和你的父亲年复一年地寻找着主钥匙，却一直没有突破性

的进展……一开始的时候伦纳德每次都会支付一定的报酬给你的父亲，但是后来你的父亲自己也渐渐地沉迷于这些钥匙的谜团中了，直到有一天发生了意外……"

"我的爸爸出事了。"

"伦纳德在海上只找到了你父亲的小船，上面有船桨和潜水工具，但是你的父亲却不见了踪影。我们在附近的海域找了好久，结果一无所获。"

说着神父的手紧紧地抓住了瑞克的手。

瑞克抬起头来坚定地看着菲尼克斯神父说："今天晚上伦纳德告诉我说他找到了主钥匙的下落，还说他不是第一个人，这么说来……我的父亲……才是第一个找到主钥匙的人？"

菲尼克斯神父眼神有些游离地点了点头说："也许是这样，瑞克。"

这时从外面传来了内斯特走上阶梯的声音，然后他一边喘着气一边说："是的，她去过酒吧了，但是又离开了，没人知道她去了哪里。对了，这里还有没有热汤？"

"有。"瑞克说着从椅子上站起身来。

菲尼克斯神父这时从他的长袍下取出了一张照片。"现在进入正题了，"他把这张照片拿给两人看过后，说道："在你父亲葬礼那天，你的母亲随身戴着主钥匙。"

瑞克手中的盘子一下子掉在了地上，摔得粉碎。"你说什么？"他几乎是叫着说。

而内斯特也站在原地呆若木鸡。

"你的母亲持有主钥匙……"菲尼克斯神父说，"对此我感到有些担忧……"

"你还记得老班纳吗？"伦纳德陪着睡不醒的弗来德一边从乌龟花园的洞口往下走，一边问道。

"我当然记得啦……"政府公务员一边手里提着灯，一边摇头晃脑地走着。"他的儿子和他一样，都是很好的人。"

"是啊。"伦纳德低声说。

"可是结局却不怎么好。"弗来德继续说道，"大海在带给人们欢乐的时候，也带给人们悲伤。就像你的那只眼睛那样。"

"你是说这个？"伦纳德说，"这个不是大海的原因。"

"可是所有人都知道你的眼睛是因为被鲨鱼袭击而受伤的。"

"弗来德，你知道我对你从不撒谎。"伦纳德一只手搭在了弗来德的肩膀上说，"告诉我，在附近的这片海域你看到过鲨鱼吗？"

弗来德仔细想了一下，然后说："嗯……好像确实没有看到过，不过我在这里附近曾经见到过鲸鱼！而且是很大的鲸鱼。"

伦纳德点了点头，然后继续向着永恒青春之火车停靠的地方走去。

这时伦纳德想到了鲸鱼。

他看着弗来德，想着是否应该告诉他关于那只眼睛的事：自己是怎么失去这只眼睛的，还有后来是尤利西斯夫妇和卡里普索及时赶到才救下了他，并且把他送到了鲍恩医生那里，那天卡里普索……卡里普索回到了自己的图书馆后哭得跟个泪人似的。

鲸鱼……卡里普索……

"她是怎么知道我遇到危险的？"伦纳德突然停下了脚步。

弗来德又往前走了几步，然后意识到伦纳德已经在他身后，回过头来说："伦纳德？"

"她是怎么知道的？"伦纳德又重复了一遍同样的问题。

"谁？知道什么？"弗来德迷惑地看着伦纳德。

"当时我在海里……"伦纳德开始整理起自己的思绪，"而她带着科文德先生和那个建筑师在正确的时间找到了正确的地方。"

"我不明白你在说些什么……"弗来德喃喃低语。

"就好像是有人事先告诉了她一样，明白吗？"

"老实说，不是很明白。"弗来德回答，"看来今天不是一个好日子。相信我，我真希望这一切快点结束，我已经困得要死了。"

"听着弗来德……"伦纳德看了看自己的身后，然后说，"我想让你帮我一个忙，你知道从这里要怎样去火车停靠的地方，对吗？"

弗来德挠了挠头皮说："嗯，是的……只要到那个电梯那里下去就可以，对吧……"

"太好了，听着：我完全相信你能够帮我这个忙。"伦纳德跑上前来，将手里绿色的催眠药瓶递给了弗来德说，"我想让你做的是……登上列车，然后如果你看到从那里的门里面走出什么人的时候……我是说如果的话……你把这个瓶子里的药水朝他的脸上喷一下就可以了，我很快就会回来的，然后你就可以回家睡觉了。"

弗来德看了看手表说："你说得倒简单，我看我做完这件事情之后也差不多该上班了……不管怎么说，我没有什么异议……"他接过了那个瓶子说："反正明天也没什么事情，我可以在上班的时候睡觉。"

伦纳德拍了拍他的肩膀说："谢谢了。"

然后他转过身去朝着卡里普索的图书馆飞也似的跑去。

年轻的盗贼带领着杰森和曼弗雷德跨过了平台上依然熟睡着的兵的身体，然后他突然停下了脚步，并且做了一个手势。

"发生了什么事？"

"看这里，"从平台一侧的大门沿着阶梯向下有一排黑色的脚印，"至少有三个人……两个小个子，一个稍微大一点。"

"看上去好像很脏啊。"曼弗雷德靠着自己的长戟说。

"我倒不这样认为，"杰森似乎一下子松了一口气，"其中一个人我想应该是朱莉娅。"

"嗯，这样说来那个比较大一点的就是奥利维亚了。"曼弗雷德说。

杰森朝着阶梯的下面看去，从脚印上来判断，下去的人似乎一点都没有犹豫过。"时间流逝之庭就在下面，我得下去看一下我的妹妹现在到底怎么样了。"

"说得好！"曼弗雷德点了点头，"我们赶紧离开这个鬼地方吧。"

杰森走下了几级阶梯，然后回过头来看着站在原地的达戈贝托问道："你不一起过来吗？"

年轻的盗贼摇了摇头说："我已经把你带到目的地了，我的任务到此结束。"

杰森并没有过多的坚持，他也觉得似乎不要让达戈贝托知道时间之门的事情比较好，于是他往回走了几步，拉住了盗贼的手说："好吧，谢谢你的帮助。"

"也谢谢你的报酬了。"达戈贝托晃了晃手中的那本笔记本。

两个人就这样相互对视了一会儿。

而曼弗雷德已经迈开脚步向着楼下走去。

虽然曼弗雷德和奥利维亚刚才就是从时间流逝之庭出来的，不过现在回到这里之后他一下子还没有认出来。

"太不可思议了。"曼弗雷德一边跟着朱莉娅、奥利维亚和利戈贝托的脚印，一边啧啧称奇。

脚印最终带着他走到了一扇大门前，他一下子就认出了这就是几个小时之前他走出来的地方。

"希望在门的另一边不要有另一场风暴！"他自言自语说。

他拉了拉门，门没有动，然后他又推了一下，依然没有任何动静，接着曼弗雷德使劲又拉又推，最后用上了手里的长戟去撬门，结果时间之门依然纹丝不动。

"怎么回事？"杰森跑上前来问道。

曼弗雷德最后朝门踹了一脚，然后退后了两步，看着杰森说："这扇门打不开。"

"怎么会打不开？"杰森也试了一下，结果却验证了曼弗雷德所说的话，杰森一下子仿佛掉进了冰窖一般。"关上了，时间之门关上了！"

"那又怎么样？"曼弗雷德在他身后问道。

"怎么样？"杰森摇了摇头说，"就是说我们被困在这里了！"

庭院里的地底下传来了阵阵奇怪的声音，而曼弗雷德和杰森却像是两尊雕像一般站在原地。

"等一下，"曼弗雷德说，"你说我们被困在这里是什么意思？"

"时间之门……"杰森说，"是我们唯一回到阿尔戈山庄去的通道，在没有四个人通过这扇门之前，它应该一直处于打开的状态。"

曼弗雷德用长戟狠狠砸了一下大门："可是现在它关上了。"

"是的，也就是说已经有四个人在我们前面回去了……"

"这……这怎么可能？难道没有检查证件或者身份识别的吗？"杰森摇了摇头，曼弗雷德继续说道："为什么坐飞机之前那些人要检查好几遍所有的证件，而……"

杰森急得几乎要哭出来了："但是所有的钥匙都在我们这里！"

"现在我有点明白了！"曼弗雷德又朝着大门踹了两脚说，"就好比是我把房间的钥匙锁在了汽车里，而把汽车的钥匙锁在了房间里一样。"

"差不多是这么回事吧。"

"可是如果是那样的话，我们可以砸开窗户，或者把门破坏啊。"

"这扇门可没办法破坏。"

曼弗雷德攥紧了拳头开始在原地打转："我就知道不应该一起跟过来，我之前就有预感。我应该留在那里，和格温达琳一起为那个女人理发。对了，我应该和格温达琳在一起。该死，上次也是这样，在那个养了无数只猫的女人那里，我根本就不知道那扇门会通向哪里。"

"那次她来到了扁舟之乡，后来还抢走了我们得到的地图。"

"扁舟之乡？那是什么玩意儿？"

"那是古埃及的一个地方。"杰森垂头丧气地说。

"是和这里差不多的一个地方吗？"曼弗雷德问道。

"差不多吧，不过比这里可古老多了。"

"和曼彻斯特一样古老？"曼弗雷德说出了他所知道的历史最久的城市。

杰森两手抓着自己的头发："现在我们该怎么办？"

曼弗雷德又踢了几脚大门，确信它确实是关着的，然后向四周看了看，他老觉得似乎有人在什么地方注视着自己。

"听着。"他回过头来对杰森说，"我想你应该比我清楚，也许还有其他回去的方法也说不定，当时你们在扁担之乡的时候……"

"扁舟之乡。"杰森忍不住纠正了他一句。

"随它去吧，奥利维亚是怎么回到基穆尔科夫的？是通过那个养了许多猫的老女人的家里？"

"是的。"

"那你们呢？"

"从阿尔戈山庄的大门……"杰森说。曼弗雷德当然不知道基穆尔科夫的七扇大门的情况，每一扇大门都通向固定的一个地方，但是阿尔戈山庄的那扇就不同了，它可以去往任何想去的地方。"等一下……"

在两个人说话间，庭院里出现了一些黑影，他们在阴暗处慢慢地移动着。

"你想到什么好办法了吗？"曼弗雷德问道。

"也许还有一个办法……"杰森说道，突然他叫了起来："该死，那本笔记本！"说着他看着曼弗雷德的眼睛，"我们需要那本刚才我留给达戈贝托的笔记本。"

"是的！"曼弗雷德站起身来，转身向阶梯跑去。"不过，我们要那本笔记本有什么用？"

"马之门！"杰森紧紧地跟在曼弗雷德的身后，"当时布莱克·沃卡诺是通过永恒青春之列车上的时间之门过来的。"

"我想是的。"曼弗雷德虽然一句话也没有听懂，但还是附和着说，"那又怎么样呢？"

"也就是说，如果我们能够找到那扇门的话，我们中间有一个人就可以回去了……哎呀！"杰森突然摔倒在地上。

曼弗雷德继续飞奔着，两格并作一步地跨上阶梯，等到他发现杰森没有跟在自己的身后时，已经快到平台那里了。

"小伙子？"他回过头来，"小伙子？你跑到哪里去了？"

从阶梯下面传来了他自己的回音。

曼弗雷德走到了平台上，看到达戈贝托正蹲在篝火旁翻阅着新到手的那本笔记本。

"嘿！你在这里真是太好了，我们还要再用一下那本笔记本……"

曼弗雷德说："虽然那个小男孩不知道跑到哪里去了。"

　　达戈贝托摇了摇头，指了指阶梯上肮脏的脚印说："这可不是一个很好的信号，看上去这似乎是下水道之贼的标记。"

第十九章

他们是父女

阿尔戈山庄此时早已陷入了一片混乱中。奥利维亚先是大骂了一通布莱克·沃卡诺，而后者也不甘示弱，于是两人大吵了起来。同时朱莉娅大声叫着这里是她的家，并且到处寻找她的父母，最后在沙发上找到了睡得不省人事的双亲，而珍珍又没有办法说清楚这里到底发生了什么事情。

内斯特呢？瑞克呢？难道他还被困在地下通道里？

朱莉娅在家里走了一圈，结果却在门边的椅子上找到了另一个昏迷不醒的女人，于是她急匆匆地回去找布莱克要一个解释。

不过奥利维亚和朱莉娅两人身上散发出的臭味实在令人无法忍受，布莱克不得不命令两人先去洗一个澡，珍珍陪同奥利维亚走进了浴室，将花洒递给了她，然后开始解释起热水龙头的开启方法。"我知道怎么洗热水澡，谢谢。"奥利维亚说道。

珍珍指了指边上挂着的一件带有花朵图案的衣服给奥利维亚。

当后来朱莉娅进入浴室去洗澡的时候，布莱克·沃卡诺稍稍松了一口气，不过他看着门边椅子上躺着的那个女人，还是不禁自问了一句："这个人到底是谁？"

这时珍珍走了过来，正当布莱克准备开口问她的时候，只听到"啪"的一声，他的脸上顿时出现了一个巴掌的红印。"哎呀！"火车管理员用手捂着自己的脸颊，问道："你疯了吗？"

而这时他的助手也一改之前文静的表现，变得如同一只母老虎一般，指了指楼上。"原来你还有这么一个女儿啊？"她冲着布莱克叫道："你做得很好啊！"然后气呼呼地坐在沙发上。

大约过了二十分钟之后，布莱克、珍珍、奥利维亚和朱莉娅四个人

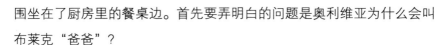

围坐在了厨房里的餐桌边。首先要弄明白的问题是奥利维亚为什么会叫布莱克"爸爸"？

"事实上……"基穆尔科夫的原火车管理员一脸尴尬地开口说话了，"我觉得这件事情由我来做说明似乎不太合适，你认为呢，牛顿女士？"

"是小姐，牛顿小姐。"

"是的，我是说……牛顿小姐……我之前并不认识您，对于您的了解也只不过都是从彼得那里听来的，而现在的事情实在太让我惊讶了，相信我。可是……现在……"布莱克不断用手揉着红红的脸颊，说："我确实不知道这是怎么一回事。"

这时众人突然停了下来，从时间之门的方向传来了一阵沉闷的声音，就好像有人在另一边敲打着门一样。"哦，天哪……又发生什么事情了？"

在听到了这阵响声之后，朱莉娅显得格外紧张，因为这很可能是她的哥哥在门的另一边试图打开大门，她走到了门的正面，用手轻轻摸了摸大门上的划痕，然后将耳朵凑了上去，希望能够听见什么声音。

但是什么都听不见。

朱莉娅返回厨房时，奥利维亚已经开始说话了："我所拥有的唯一一件关于我父亲的物品就是在我母亲的抽屉里找出来的一张照片。我的妈妈从来都没有对我提起过我的爸爸，有时候当我问起时，她也只是说爸爸去了一个很远的地方旅行了，这样就让我误以为我的爸爸已经去世了。"

"照片上的那个男人是我？"

"毫无疑问。"奥利维亚回答说。

布莱克·沃卡诺红着脸说："这怎么可能？"

朱莉娅这时走了回来，拉出了她的椅子。"也许你应该告诉她你的妈妈是谁。"

"赫利斯坦内斯查·比格斯……"

布莱克突然拍了一下脑门，大叫道："哦，天哪！这样说来有可能。"

随着又是清脆的"啪"的一声，他的脸上印上了第二个红色手掌印。

"等一下！"虽然朱莉娅此时非常理解这个年轻的中国女人的心情，但为了让她冷静下来，她还是将珍珍从厨房带到花园里。"这个问题也许太敏感了……还是让他们两个人先聊一会儿吧。"

珍珍抽泣着断断续续地说："他从来……都没有对我说过……这些事情……这个骗子，原来……他在外面早就有……了其他的女人……而且连女儿都有了……"

"是的，是的……先别急……"朱莉娅看着院子里那棵高大的桑树，看着远处的海面，安慰着珍珍，"男人都是这样的……"这句话她已经听过了无数遍，当然她自己有着不同的意见。

她想到了杰森，然后又想到了瑞克……

厨房里，奥利维亚直勾勾地盯着布莱克·沃卡诺，眼里充满了仇恨。"当初我的妈妈是被迫离开基穆尔科夫的，她为你感到羞耻，她也为她自己而感到羞耻……这件事情甚至连她的妹妹都不知道。"

布莱克打开了冰箱，从里面取出了一罐冰冻饮料，敷在自己的脸颊上。"这件事情我完全不知道……相信我……我是真的爱你的妈妈的。"

"不过妈妈可不这么认为，我出生的时候她就是一个人，而且也是她一个人把我养大的。"

"这件事我感到非常抱歉，但是当时我确实无法想到会发生这样的事情……"

"我后来一个人读书，一个人工作，都是我一个人，最终我赚到了钱，变得富有起来……"

"我为你感到高兴，但是……你的妈妈……"

"她的离开确实为你省下了不少麻烦吧！"

"不！我非常想她！我一直都没有忘记她，我甚至为我的列车起了和她同样的名字！"布莱克激动地说。

"那为什么三十年来你都没有出现过？为什么你从来都没有来找过我们？"

"她不希望我去找她，"布莱克说，"我们之间发生的……怎么说呢……是一场悲剧，一场无法用语言诉说的悲剧！"

奥利维亚大笑着说："我知道了，你眼里的悲剧就是：我的妈妈一个人死去了，而你又找了另一个女人。"

"她只不过是我的一个助手而已！"布莱克辩解说，"而且像我这样年纪的一个人，生活上确实需要有人照顾……"

"那你有没有想过一个孩子从出生开始就失去了父亲的感受呢？"

"你也应该为你的父亲想一想！天哪……"布莱克说着，把手里的冰冻饮料放在了餐桌上，"他又怎么会知道所有的这一切呢？还有一个问题：你的名字是谁为你取的？"

"是我自己在伦敦的时候取的，为了生活和工作上的方便。"

"我明白了。"布莱克开始摇头，"现在我知道为什么你的手里会有那把钥匙了……真是太不可思议了，赫利斯坦内斯查，还有我的女儿，她居然还差点成为彼得的女朋友！"

"我不是他的女朋友！我根本就不想见到他！"

"哦，这样最好！"她的爸爸说，"最好还是不要有太多的关系牵连在同一个人的身上！"

"爸爸！"

布莱克的嘴唇动了一下说："对不起，我是开玩笑的，要是你在一开始的时候就能够和我把这些事情都说清楚就好了……"

"我又能怎么办？妈妈留给我唯一的东西就是这把钥匙了！"

"是啊……是啊……"

"而且我这些时间以来也确实一直都在找你，你不是把所有的时间之门钥匙都带走了吗？"

"并不是所有的，还欠了你手里的那把和彼得的那把，不过也许尤利西斯是正确的。"布莱克·沃卡诺将了将胡子说："这些钥匙不是普通的东西，它们似乎会自己选择应该出现在哪里，和应该在谁的手里。"

奥利维亚的手拍了一下桌子说："那主钥匙呢？"

"我从来都没有见到过它。"她的爸爸毫不犹豫地回答说。

"也就是说它根本就不存在？"

"我不这样认为。"

奥利维亚用急切的眼光看着她的爸爸。

"我没有在开玩笑。"布莱克说，"事实上我们一开始都认为这件东西确实不存在……但是三十年之后伦纳德说他找到了主钥匙。"

"在哪里？"奥利维亚的眼睛里透出了可怕的凶光。

"嗯……我想现在不是我们谈论这些事情的时候。"

"我倒觉得这是眼下最重要的事情。"

布莱克绕着餐桌走了两圈。

"不管怎么说，你都是我的女儿，对吗？"

"在哪里？"

火车管理员两手撑在了桌子上说："在你出现之前，伦纳德正好在对我们说着这件事情，他说他的船还留在海上，停在找到主钥匙的地点，但是我不知道他有没有得到那把主钥匙。"

奥利维亚一下子跳了起来："那你们还在这里干什么？你们都已经找到了主钥匙，却在这里做这些无聊的事情？爸爸！天哪！主钥匙才是最重要的东西！"

布莱克·沃卡诺脸上堆满了一个父亲的微笑说："奥利维亚，现在我找到了你……"

"你给我滚开！"奥利维亚一把推开了父亲，令布莱克脚下一个踉跄。

在阿尔戈山庄的院子里，珍珍伏在木凳上抽泣着，而朱莉娅朝着内斯特的小屋里看了一眼，里面空无一人，灯也全都关着。

她绕着小屋转了一圈，然后轻轻地推了一下木门，门并没有关上。

虽然有些犹豫，但是朱莉娅还是走进了内斯特的小屋，打开了灯。

她看着桌子前的椅子，显然在不久之前这里曾经有人讨论过什么事情，桌子上还放着一块手表，是潜水表的款式，表面刻着一只猫头鹰和彼得·德多路士的签名。

"瑞克？"小女孩拿起那块手表看了看，不过似乎并不能看出什么线索。

朱莉娅在房间里走了一圈，希望能够看出瑞克曾经坐在哪把椅子上。

内斯特的书桌上，所有的物品都被摆放得整整齐齐，只有一卷纸从

地上的行李箱里露出了半截。

在好奇心的驱使下，朱莉娅掀起了行李箱的盖子，原来是一张卷起的地图，上面画着小镇的地下信道结构。小女孩取出了地图，又在下面找到了一幅布卷。

当她看着画卷上写着尤利西斯·摩尔的名字，同时认出了画面上的人时，她不禁愣在了原地。

"内斯特？"她默念了一遍这个名字。

渐渐地，所有的迷雾都开始被驱散，拼图的关键一块似乎被找到了：内斯特才是了解基穆尔科夫所有秘密的人，只有他才知道应该让孩子们去拜读图书馆里的哪一本书，也是他将他们带进了阁楼上珀罗珀的书房里……因为那是他的妻子！是他一直住在阿尔戈山庄管理员的小屋里，时时刻刻注意着这里发生的一切，是他藏起了楼梯上尤利西斯的画像，原来所有的一切都是他做的！

在那副肖像画的下面放着一些笔记本，封面上都留着尤利西斯·摩尔的名字。

她打开了本子。

看上去是用手写下的日记，但是这些文字小女孩却不认识，可能需要依靠《失传语言大字典》的帮助才能够阅读。

朱莉娅随手翻开了几本，奇怪的文字，奇怪的符号还有一些插画。

她打开了最后一本，里面有一页画着瑞克的肖像。

而倒数第二本里面则画有她和杰森。

她开始一本一本地看下来，试图从这些插图中了解这些文字写的到底是什么内容。

是阿尔戈山庄的历史。

朱莉娅抬起头来，感到自己的心脏正在飞快地跳动着。

这时从厨房里传来了一阵响声，接着是奥利维亚在叫嚷着一些什么，然后听到布莱克的声音："停下！你要干什么？"

一阵嘈杂的脚步声走过了鹅卵石路面，然后是大门被打开的声音。

她赶紧把东西放回箱子，冲出了小屋。

已经太迟了。

奥利维亚启动了科文德先生的那辆汽车，压着石头路面离开了山庄。

第二十章
下水道之王

大约有十几只手抓住了杰森并且捂住了他的嘴巴，周围的人你一言我一语地说："我们抓住这个小男孩了，另一个士兵模样的人跑掉了！算了，让他跑吧！跟着他！不，不用跟着他！"

小男孩挣扎了几下，但是丝毫无法挣脱众人的手，他转过头来，只能看到大约有二十来人在他的周围，所有的人都穿着深色的袍子，身上散发着恶臭。

"让我看一下！"这时一个声音说道。

接着有人将杰森的头扭了回来，强迫他将嘴巴张开，然后往里面塞了一块手帕进去。杰森看见自己的面前站着一个眼睛像青蛙一样的老头。

然后这个老头对着其他人说："是他，他就是朱莉娅的哥哥。"

当听到自己妹妹的名字时，小男孩又开始挣扎起来，但是众人将他紧紧地抓住，令他动弹不得。

这些人将他用绳子捆了起来，然后让他平躺在地上，接着他们用一根棍子穿入了绳子就要把他抬起来。

"要帮忙吗？"

"是的！"

"不，我看不用。"

"这小子胖得跟头猪似的。"

就这样，杰森在众人无止尽的吵闹中被抬了起来。

他们走到了庭院里用于疏通雨水的下水道，这些盗贼们一个个地跳了下去，然后把杰森也一起推了下去。他什么都看不见，只觉得身边滑溜溜的，周围有人对他又推又拉，最后在一阵恶臭中他失去了知觉……

　　当他再一次睁开眼睛的时候已经身处在一个房间里了，这里点着一盏灯，发出微弱的光线，而空气中则弥散着一股香烛的味道。杰森站起身来，这才发现房间里的地上铺着毯子。他一下子似乎觉得有些晕眩，脑门上的那个大包依然隐隐作痛。

　　他赶紧跑到了铁栅栏窗边，看到外面矗立着一些黑漆漆的建筑。

　　这时他身后的房门打开了，走进来了一个老头。

　　"你好。"他抬起一只手说。

　　"你是谁？"杰森问道。

　　"我叫利戈贝托，"那人回答道，"请跟我来……"说着来人带着杰森走出了房间。

　　杰森一摸自己的口袋，这才发现里面已经什么都没有了。"糟糕！我的钥匙！我的金币！"

　　"请跟我来吧，我们已经将你身上所有的东西都交给了我们的首领。"利戈贝托一边在前面带路，一边告诉杰森。

　　"你们的首领？"

　　"是的，下水道之王，是我们下水道之贼的首领。"

　　通道比想象中的要长，而且这里也散发着淡淡的香味。

　　"你们为什么要抓我？"杰森跟在老头的身后问道。

　　"你的妹妹从那扇门里消失了，我们却怎么也无法打开它。"利戈贝托说，"而你正好也想要通过这扇门，所以我们觉得这里可能有一个很大的秘密。"

　　"你们弄错了！"杰森说。

　　"请吧！"利戈贝托走到了一处拱门下面就停下了脚步，然后指着

里面的一间屋子对杰森说，"我们的主人在里面等着你呢。"

杰森走了进去。

整个房间显得特别长，从地板到墙壁，再到窗帘都被漆成了蓝色。

下水道之王坐在房间的尽头的一块木板上，是那种很矮的极具东方色彩的小平台，那个男人坐在上面双腿交叉。

杰森小心翼翼地走上前去。

"你好，"下水道之王先开口说话了，"难怪我今天晚上怎么都睡不着呢。"

"我想这其中一定有什么误会了的地方……"杰森双手向前一摊，然后继续走近说话之人，令他惊奇的是，眼前这个身穿着蓝色睡衣的人竟然有着一张和他年纪相仿的脸蛋。

杰森揉了揉眼睛，呆呆地看着这个下水道之王。

"有什么问题吗，年轻的来访者？"

杰森觉得越发迷糊了，他不知道跟他说话的这个人是否正在和他开玩笑。

"我想……我并没有比你年轻多少。"

对面的那个小男孩放声大笑了起来："哦，不对不对！你弄错了！我已经很老了，很老很老。不要问我今年几岁了，因为就连我自己都不记得了。如果你愿意的话，我们可以一起验证的。"说着他指了指一扇门。

还未等到杰森回答，下水道之王就指了指身前的那些物品说："这里放着的应该都是你的东西，你现在可以拿回去了。"

杰森并没有等他再说第二遍就上前拿起了四把钥匙，放进了自己的口袋里，然后问道："为什么你要把我带来这里？"

穿着蓝色睡衣的小男孩走下了平台说："为什么？因为你让我感到

很好奇，我听说你的妹妹通过了一扇别人无法打开的门，而且不但一般的人打不开，我相信就连巴尔塔扎也无法打开那扇门。"

"你认识巴尔塔扎？"

下水道之王略微想了一想说："刚才我说了什么？巴尔塔扎对吗？那就说明我认识他喽，是的，应该是这个名字没错。唉，年轻让我忘记了许多东西！就是因为这个原因……平时我总是喜欢记录下所有的事情。跟我来，年轻的来访者，告诉我关于那扇门的一些事情……"

小男孩带着杰森走进了另一条长长的通道，然后来到了一间点满无数支蜡烛的房间里，穿过了这间房间，杰森走进了一个五角形的屋子，每一面墙上分别有一扇门，各自通向一间房间。

在这间位于中心的屋子里堆满了纸卷，上面密密麻麻地写满了东西，而有一些还没有写完的纸卷就直接摊在一些大桌子上。从五扇门的另一边各自连接着的房间里透出了明亮的烛光。

"这就是我的书房，那些纸就是我的笔记。"下水道之王指着成堆的纸卷对着杰森说，"正因为我详细地记录了所经历的所有事情，所以我还记得在上次去永恒青春之泉的时候……在那里附近也找到了一扇无法打开的门……"说着小男孩很快地翻阅着一卷记录，并且很快找到了相关的内容："找到了，是在永恒青春之泉边上的一间小石屋里，有一扇看上去和其他的门一样的木门，却没有人能够打开它，你知道这是怎么回事吗？"

"我既不知道你在说些什么，也不知道你是谁，我身处哪里，以及为什么你们要把我带来这里！"杰森有些恼火地回答说。

"关于为什么我们要把你带来这里刚才我已经对你说明过了，至于我是谁嘛……这要看我从这里的哪一扇门出去了……如果我从这扇门出去的话，我就是下水道之王；如果我从那扇门出去的话我就是壁炉神

父——屋顶精灵的首领……而如果我从另一边出去的话，我就是杰尼神父了……老实说，这是我做过的最有趣的事情了。"

"你就是杰尼神父？"杰森倍感意外地问道。

"如假包换。"眼前这个身穿蓝色睡衣的小男孩回答说，"怎么？你认识我？"

"可是……那应该是一个很重要的人物啊！"

"我想另两条通道连接的地方你应该没有兴趣知道……"小男孩继续说道。

"这不可能：你还只是一个小孩子而已！"

"不好意思，你到底知不知道永恒青春之泉的作用？"

卡里普索闭上眼睛将耳朵紧紧地贴在书店后面的那扇门上。

什么都听不见，然后她用手轻轻地在门上抚摸着，内心里升起了一丝惆怅。

"他们已经找到了……"图书管理员仿佛在对另一个人说话一样，"他们找到了那把钥匙，现在该怎么办？"

她面前的那扇门显得无比庄严，事实上，卡里普索没有办法打开这扇门，因为她的手里并没有这扇时间之门的钥匙。

在一片寂静之中，卡里普索似乎感觉到了什么，她仿佛听到了从海洋深处传递过来的信息，她将自己的脸贴在了木门上说："为什么还要守护着它呢？那把钥匙已经被找到了，你可以走了，回到你应该去的地方，回去。"

"不，我不走。"这时一个声音在她的身后响起。

卡里普索回过头来。

伦纳德·米纳索就站在她的身后，只有他才有办法不触动门口挂着的那些风铃而进入书店。

他就站在离她几步远的距离。

"伦纳德……"卡里普索说道。

他走上前来，重复了一遍刚才的话："我不会走的。"

不等她回答，伦纳德一把将卡里普索抱进了怀里，然后深深地吻了她。

卡里普索挣扎了一下，随即沉醉在一阵幸福和甜蜜的感觉中，她觉得自己仿佛要被溶化了。

"不行，伦纳德……"卡里普索在他的耳边说，"我是一个……"

"我知道。"他紧贴着她的脸说道。

卡里普索眼睛望着书店玻璃橱窗外的喷泉，而伦纳德则看着她身后的那扇时间之门。

他知道，卡里普索比谁都更了解这些门。

"我要告诉你一件事情……"卡里普索说。

"不急，你有的是时间……"说着，伦纳德又深深地吻了她一下。

两人在黑暗里紧紧地拥抱着，书店里弥漫着甜蜜的爱意，此时从她身后的时间之门的门缝里，一丝海水慢慢地流了出来。

第二十一章

出海

曼弗雷德一只手搭在了达戈贝托的肩膀上说："等一下……等一下……"两人一起看了看尤利西斯·摩尔笔记本上留下的那些线索，又看了看路牌。"这里是'铁锈大街'，那么我们在这里应该往左转……"

"不对，应该往右。"小男孩说着把笔记本翻转过来，"应该是这样看的……"

曼弗雷德只能听从小男孩的安排，当他们停在下一个路口的时候，他不敢再乱插嘴了。

"这玩意儿太难懂了！"他说，"而且这个地方的建筑和街道太杂乱无章了！"

"当初设计的时候这里就是这样子的。"达戈贝托解释说，"怎么样？还是按照我说的路线走吧？"

"嗯，快走吧。"

月亮已经开始渐渐地往下落去，地上留下了建筑群长长的影子，两人小心翼翼地走在这个迷宫般的城市里，小心地不让自己被人发现，当他们穿过了铁锈大街后，来到了一处庭院，在这里他们终于可以看到一些树木了，而不再像刚才那样两边都是冷冰冰的建筑物，让人觉得喘不过气来。

一片云朵飘过了天空，遮住了月亮，在这个城市上投下了一块巨大的阴影，不过年轻的盗贼和那个强壮的男人并没有放慢脚下的速度，他们相信自己离目的地已经不远了。

当月亮重新出现在天空中的时候，达戈贝托来到了一处小庭院，周围堆砌了一些石块，而在边上还有一间简陋的石头小屋。

"到了。"他合上了笔记本说。

两人这时听到了一阵马匹的喘气声和马蹄声。原来这里是一处马厩：四周堆着成捆的干草，几辆小推车杂乱地停放着，没想到两人一直在寻找的竟是如此一个没落萧条的地方。

曼弗雷德跨过了一道木栅栏，在马厩的边上有一道水槽，达戈贝托将信将疑地看了看里面的水，自言自语道："不会是这个吧……"说着他将手指伸进了水里。

曼弗雷德看见了一扇门，他走了过去，打开门走了进去，几秒钟后他又捂着鼻子走了出来说："呸，不是这扇，这里面只有那些牲畜！"

两人来到了一堆石头边上，在这后面还有一条小径，于是他们决定沿着它走。

经过几次上下坡之后，两人又穿过了一个小树林，林中无数的萤火虫在空中飞舞。

小径最终连接到了一座小石屋，在石屋的墙壁上停满了萤火虫，周围的草丛里传来嘈杂的蝈蝈叫声，这里简直就像是世外桃源一般。

曼弗雷德笑了起来，他几乎确定这里就是他要找的地方。

石屋里似乎并没有人居住，在敞开的大门前有一根木桩，走进屋内，这里只有一间房间，里面并排放着一些木板，在木板上摆放着一个个土质的小球。

曼弗雷德拿起了一个土球，将它一把打碎，从里面飞出了一只萤火虫，两人感到非常惊奇，默不作声地四处查看。远处城堡的影子透过树林若隐若现，四周的草地上零零散散开着一些花朵，而飞舞着的萤火虫则和天空中的星星融为一体。

唯一显得有些突兀的声音就是从屋子后面传来的水流声，两人循着声音来到了屋后。

在这里他们看到了一扇歪歪斜斜的木门被安装在了一堵矮墙上，而头顶上有半个木头屋檐，水滴就是顺着屋檐滴落下来的，在地上的草丛里形成了一个小水池。

达戈贝托蹲下身来拨开水面上漂浮的一些树叶：水很清澈。而曼弗雷德则站在那扇歪斜的木门边上，伸手去试图打开它。

达戈贝托用双手舀起了一些水，尝了一口，水是冰凉的，感觉有点甜。他回过头来看了看四周……

曼弗雷德已经不见了。

奇怪啊……他想。他觉得刚才好像自己是和另一个人一起过来的，怎么一下子就记不起来那个人是谁了呢？

"嘿！"一个男人跳了起来。

"嘿！"奥利维亚的手下曼弗雷德被吓了一大跳。

在关上了身后的木门之后，曼弗雷德很快意识到他现在身处在一节列车车厢里。

"等一下！"眼前的这个男人命令道，说着低下头开始研究怎么打开那个装有绿色液体的瓶盖。

"你是谁？验票的吗？"

那个男人抬起了头，曼弗雷德一下子认出了他：两天前在酒吧里他们曾经见过面，就是那个会修轮胎的人的表哥。

"你是叫弗来德什么的吗？"曼弗雷德一边问，一边伸了伸拿着长戟的那只手。

睡不醒的弗来德还是没有打开那个药水瓶的盖子。"我们认识吗？"他对着这个身穿中世纪士兵服装的男人问道。

曼弗雷德一下子笑了起来，他把头上的那顶头盔脱下来，扔在了地上说："当然！你不记得我了吗？"

弗来德看着他，眨了眨眼睛，然后一下子用右手比出一个"V"字做出胜利的手势说："啊，对了……你是那个驾驶沙滩车的人？要找人更换摩托轮胎！"

"正是我！"曼弗雷德笑着说。

两人高兴地拥抱在了一起，继而开始交谈起来。

"你怎么会在这里？"曼弗雷德先开口问，"还有，这是在哪里？"

弗来德做出了一副非常老练的样子说："有人告诉我说要我守在这里监视着这扇门，因为可能会有一个女人出来。"

"啊，那太遗憾了……"曼弗雷德打趣道，他看见外面似乎长着一些钟乳石，他问："我们在哪里？一个洞穴？"

"是的。"弗来德镇定地说，听口气就好像是一列火车停在一个洞穴里是再正常不过的事情了。

"是在基穆尔科夫吗？"曼弗雷德小心翼翼地问。

"并不完全正确。"弗来德说。

曼弗雷德一拳狠狠地砸在了墙壁上说："怎么会不是？那我们是在哪里？"

弗来德被吓了一大跳，手里的那个瓶子差点掉落在地上。"我……我们这是在……在离基穆尔科夫几公里远的地方……"

听到这个回答之后，曼弗雷德一下子又高兴起来。"啊……"他说，"啊……"他又感叹了一遍。

最后，曼弗雷德开始大笑起来，他抱住了弗来德说："我成功了！那个小男孩说的话真有道理。"

他在火车头里走了一圈，看着画有各种符号的操纵杆。

"这些玩意还能用吗？"他漫不经心地摆弄着其中的一根。

"当然！"弗来德回答说，"今天下午这玩意差点要了我的命呢！"

"你知道怎么操作吗？"

弗来德挠了挠头说："啊，不，不知道，我可从来没有开过火车，这个得要问布莱克了。"

"布莱克？他在哪里？"

"在阿尔戈山庄。"

"嗯，那就是说离这里很远啦。"

"是的，如果走路过去的话至少要二十分钟。"顿了一下，弗来德那昏昏欲睡的眼睛突然又亮了起来，"或者我们可以问一下那几个孩子，他们知道怎么驾驶！"

曼弗雷德苦笑地问道："那些孩子？"

很显然从一开始曼弗雷德就站在了错误的一边，帮助了一个错误的人，不过现在他已经厌倦了这些烦人的事情，只想能够洗手不干。他摸了摸自己的口袋，猫钥匙和狮子钥匙在里面静静地躺着。

"听着，"他对弗来德说，"你介意我试着操作一下看看吗？"

"对我来说……"弗来德微笑着说，"只要你……"

"赫洛"号突然一个加速令他把后半句话硬生生地吞了回去，曼弗雷德紧紧地抓住了操纵杆，就这样，火车飞也似的驶向了基穆尔科夫。

在这个安静而又有些不太平常的深夜里，乌索·马里埃走在距离基穆尔科夫四千米的一条街道上。

翻阅了沃尔特·盖茨留下的几乎所有照片之后，校长才在深夜里走出了学校。

不过他此刻心情还是不错的，因为整个晚上的努力并没有白费，至少现在他已经对之前一直缺少的几个关键地方都有所了解，而且他也知道了在那张老照片里出现的内斯特的真正身份。和伦纳德·米纳索、彼得·德多路士一起出现在那张被烧毁的照片里的就是他，没错。

他一边走着，一边想着明天一定要问一下睡不醒的弗来德和斯特拉老师，看看他们还了解些什么情况。

校长一路吹着口哨，走过了小镇上唯一的那家旅馆，来到了小桥边上。

这时他觉得仿佛有人正躲在某个角落里看着自己，也许那个人是来邀请他去参加诺贝尔教育奖的颁奖典礼呢。

"呵呵……"他不禁为自己那些胡思乱想感到好笑。

在走上了小桥之后，有一件事吸引了他的注意力：有一个身穿绣花长衣的女人正穿梭于停靠在岸边的小船间。

她的身后还停着一辆车，而她就靠着车前的灯光来照明。

"发生什么事故了吗？"校长有些惊奇。

这里除了他和那个女人之外就没有别人了，小旅店的大门已经关上，而且里面的灯也早就熄灭了。

乌索·马里埃就这样站在原地看着那个女人从一艘船走到另一艘船，似乎正在寻找什么重要的东西。

"乌索啊乌索……"他对自己说，"这并不关你的事情。"

他转过身去，准备离开，不过好奇心又使他回头看了一眼那辆汽车和那个女人，此时那个女人站在原地，似乎显得非常生气。

"她到底在干什么呀？"校长的好奇心现在已经被激起了。

完美的、高贵的、出色的乌索·马里埃先生又走了两步，他听到身后的这个女人正在说着什么，好像需要别人的帮助，而此时此刻除了他之外又有谁能够帮助这位小姐呢？这么说来，也许他之前无意中看到照片，以至找寻照片里的真相都是出于命运的安排，只为了能够在此地邂逅这位小姐。这还真的说不定呢！

　　终于他决定接受命运之神的安排，他转过身来，走下了小桥，沙子立刻钻进了他擦得光亮的皮鞋里。"请问……"他用自己能够发出的最温柔的声音问道："有什么需要帮忙的吗？"

　　奥利维亚·牛顿一下子抬起了头。

　　真是太漂亮了……校长心想。

　　她看了看眼前的这个男人。

　　真是太漂亮了……校长又在心里对自己说了一遍。

　　奥利维亚指了指身边的船只问校长："您知道该怎样发动它吗？"

　　校长一下子愣在原地，他看了看眼前的这个女人，又看了看大海问："对不起，我没有听明白……"

　　奥利维亚走到校长的身前，闻到他的身上有一股粉笔和墨水的味道。"我是说，我要找一艘船现在马上就出海，但是我不知道怎么驾驶，所以我问您是否能够帮助我？"

　　这个女人身上散发着淡淡的香味。

　　"当然。"校长回答说。

　　"那请您帮我这个忙吧。"

　　"如您所愿。"校长上了船，来到了发动机的边上，然后说："不过我要提醒您的是：现在这个时间出海的话可不是非常安全……"

　　"在这个世界上只有一件事情是最安全的……"奥利维亚也跳上了甲板说。

　　"是什么？"校长整理了一下自己的外套说。

　　"就是我一定要得到主钥匙！"

　　在不远的一幢房子里，瑞克、内斯特和菲尼克斯神父翻遍了所有的

抽屉，但是依然没有见到主钥匙的踪影。

瑞克的妈妈还没有回来，于是他打了一个电话到阿尔戈山庄。

铃声响了几遍，但是没有人接听，正当瑞克准备放下听筒的时候，话筒的另一端传来了朱莉娅的声音。

瑞克一下子就听出了小女孩的声音，突然他感觉到喉咙口有些干涩，心怦怦地直跳。"朱莉娅！"他无法克制住自己的激动之情，叫出声来。

在另一边的厨房里，内斯特也一下子从椅子上跳了起来："她回来了？"

"瑞克！"朱莉娅也叫出声来，"你……你还好吗？"

"我一切都好！你呢？还有杰森呢？"

"杰森还在时间之门的另一边！我们弄丢了所有时间之门的钥匙！我……我是和奥利维亚一起回来的。"

"什么？钥匙！奥利维亚？"

两人激动得你一言我一语，把事情的经过大致讲了一遍。

"你没事我真是太高兴了。我要告诉你一个重大的秘密，尤利西斯·摩尔……他就是……"

"内斯特！这我也知道了！"朱莉娅抢在了前面说，"瑞克，我也要告诉你一件事情！奥利维亚……其实是布莱克·沃卡诺的女儿！"

"你说什么？"

两人又很激动地说了起来。在另一边，内斯特看了看菲尼克斯神父问："这件事你之前就已经知道了？"

神父露出了一个微笑，回答他说："啊，可能是吧。"

朱莉娅在电话的另一头继续说道："奥利维亚抢走了我爸爸的汽车开去镇上，而布莱克迷倒了我的爸爸、妈妈和另一个女人。"

"另一个女人？"

直到此时瑞克才知道他妈妈的下落。

"问一下她把主钥匙放在了哪里！"内斯特在一边插了一句。

"她正在问。"瑞克回答说，然后转向了听筒，"你待在那里不要离开，我们马上就来。"

内斯特、瑞克和菲尼克斯神父挂上了电话之后马上跑出了屋子，正当他们犹豫应该怎样去阿尔戈山庄的时候，听见了从克拉克·贝米希火车站传来了"叮叮"的声音，紧接着是一阵久违了的发动机轰鸣声。

"火车！"瑞克带头叫了起来。

第二十二章

探索永恒青春之泉

格温达琳手里拿着她的电话听筒，坐在自己理发店的男宾部。"你不明白，妈妈……"她又一次地重复说，"我知道现在已经很晚了，但是我怎么都睡不着，我只要一闭上眼睛就会看见那片海滩……"格温达琳这时抬起头来，她听到从门外传来了一阵金属声。"等一下，妈妈……对不起，好像有人在我的店外，不，我的店早就关门了，现在都已经那么晚了！当然，这里当然也是晚上！等一下……"

年轻的理发师将听筒暂时放在一边的桌子上，来到了店门边，向外看去。

"哦，天哪！"她暗自叫了一声。

然后她赶紧回到了电话旁。"妈妈……"她低声说，"我知道你肯定无法相信我说的话……他来了。是的，我当然确定。只是他身上穿着很奇怪的衣服，就像是一个中世纪的骑士，手持武器，身披盔甲！是的，妈妈，一个真正的骑士！他就在我的店门外，就是现在！哦，天哪，我太激动了，我回头再打电话给你！"

格温达琳挂上了电话返回店门后面偷偷地向外张望，希望自己刚才看到的不是幻觉。

现在她确信了：曼弗雷德此刻正穿着中世纪骑士的服装在门外来回走动呢！

"你在犹豫什么呢？我英俊的骑士先生？"女孩在门后看着外面自言自语说。

她看到曼弗雷德从地上捡起了一块小石子朝着她屋子的窗户扔去，好像希望能够弄醒她。

他还真是有心啊！女理发师想。

随着时间慢慢过去，曼弗雷德扔的石头越来越大，直到格温达琳觉得已经超出了浪漫的范围的时候，她打开了店门。

"你好。"门外一阵冷风刮到了她的脸上。

曼弗雷德扔掉了手里所有的石头。

"嘿，"他说，"哇喔！"

格温达琳穿着睡衣走了出来。

"你在这里干什么呀？"她问道。

曼弗雷德指了指自己身上的盔甲和靴子说："我是来取回我的衣服的。"

格温达琳紧张地说："你是来取衣服的？……啊，是的，当然。你的衣服就在楼上。"

"是的，我知道。"曼弗雷德意外地也显得有些害羞了。

格温达琳嘴唇动了一下，然后摇了摇头，天晓得她脑子里到底在想些什么……"稍等一下……我这就开门……"

"好的，谢谢。"曼弗雷德说。

理发师走回了屋里，然后打开了通往她家的门。

"没想到你这么快就回来了……"她一边在前面带路，一边说。

"我也没想到……"曼弗雷德回答说。

两人来到了楼上，曼弗雷德径直走向了那个沙发，拿回了他的衣服。

"我可以在这里换一下衣服吗？"

"啊……是的……当然……"格温达琳说着将他单独留在了房间里。

她很快地来到了厨房，按下了电话的重拨键："是我，妈妈！不，没什么，他只是过来取一下他的衣服而已……啊，对了……他可能已经要走了……"

曼弗雷德来到了厨房的门口，他脖子上的那条伤疤令他显得更加充满了神秘的魅力，而他那疲惫的眼神也使他看上去似乎经历过无数次历险。

"你愿意和我一起走吗？"他一下子唐突地问格温达琳。

格温达琳抓住听筒的手不住地颤抖着："等……等一下……妈妈，我……我过会儿再打电话给你……"说着她挂上了电话。

曼弗雷德依然站在门口一动不动。

"对不起，你刚才说什么？"格温达琳问道。

"我问你是不是愿意和我一起走。"

"走？去哪里？泽罗吗？"格温达琳开玩笑说了一个她去过的最远的地方，其实那也只不过距离小镇几千米而已。

"埃及，或是威尼斯，你可以选一个。"曼弗雷德取出了口袋里的两把钥匙说。

格温达琳瞪大了眼睛。

"嗯？那么……你想要什么时候走呢？"

"大约五分钟后吧，"曼弗雷德说，"你想去哪里？"

格温达琳晃了一下身体，靠在了厨房的墙壁上。"这个……埃及吧……我想……"

"好极了，你可以就这样跟我一起来，"曼弗雷德解释说，"埃及离这里并不是很远，而且那里应该很热。"

三人顺利分工完成：内斯特骑着他的三轮摩托车直奔阿尔戈山庄，而瑞克和菲尼克斯神父则大步走向火车站。

当他们来到了火车站后，只见到布莱克·沃卡诺的列车停在一号站台一动不动，而睡不醒的弗来德则站在站台上呆呆地看着这列火车。

"弗来德！"

"神父！"

"瑞克！"

三人简单了打了个招呼之后，弗来德将刚才曼弗雷德是如何在火车一停下之后就飞奔着离开的情况告诉了另外两人。"就像是急着赶火车一样！"政府公务员开玩笑说。

菲尼克斯神父和瑞克坐在火车站外面的台阶上，而弗来德则在说了要回家之后却朝着错误的方向走去。

"我想我永远都不会忘记今天晚上所发生的一切的。"瑞克说。

"是啊。"菲尼克斯神父在一边赞同地点了点头。

两人就这样等待着。

天空已经开始有些变亮，再过不久太阳就要升起来了。过了一会儿，随着一阵摩托车的发动机声，内斯特带着一个盛水的容器赶到了火车站，跟他一起过来的还有珍珍。

"我们没有时间可以浪费了！"他对着瑞克和菲尼克斯神父说，晃了晃手里刚从布莱克那里得到的马钥匙，"火车在这里吗？"

"是的。"

"那我们赶紧出发吧。"说着内斯特一瘸一拐地走向了站台。

"我们……一起去？"瑞克看了看珍珍说。

"珍珍女士希望回到自己的家乡去……"内斯特说，"她和布莱克似乎有些意见不合……不过对我们来说，这样也好。"

"他居然已经有一个女儿！"珍珍在一边依然愤愤不平地说。

四人一同登上了"赫洛1974"号火车，内斯特将马钥匙插入了锁孔中，随着"咯嗒"一声，时间之门重新打开了……

"作为这个国家的国王和所有盗贼的首领，"杰尼神父说道，"你可以控制所有的事情，而且可以使用有限的资源提供工作给更多人，这就像是一个循环一样，你明白吗？"

杰森点了点头。

"当大约一百年前我想到这个主意的时候,我对自己说:这样的话就可以解决所有的问题了!要知道这可是一个困扰了好几代君王的问题啊……嗯……让我想想,该怎么说才好呢?"说着杰尼神父从房间里无数纸卷中找出了一卷,然后打开,说:"对了,这里写着:统治一个王国的最佳方法是让它始终处于一种平衡的状态,只有不断地循环,国家才能发展。道理很简单,不是吗?"

"刚才你对我说到永恒青春之泉……"杰森对于这个话题显然兴趣不是很大。

"啊,是的!事实上,所有关于这个泉水功效的描述都是真的,它能够令人在瞬间之内变得更加年轻,但是它也有一个缺点:在你变年轻的时候,它会令你忘却这其中的大部分事情,这并不是说你就什么都不记得了,但是你会忘记很多事情,所以如果你不把之前的事情都记录下来的话,当你喝下了这个泉水之后,你就等于是从头开始了。这点让我感到非常头疼,因为你经常会遇到似乎记得的事情,但就是怎么也想不起来……以回忆作为代价让一个人变得年轻,老实说并不是非常划算。"

杰尼神父指了指杰森身后的一堆纸卷说:"看到那些了吗?那里记录的都是我认为最重要的历史,而我却连一半都不记得了,比如:是谁建造了金字塔?我也不知道,不过我把它记录了下来,还有诸如世纪之谜,人与自然的契约,等等。"他一边看着纸卷上的标题,一边说,"很有趣,不是吗?也许在一百年前我能够清楚地记得事情的来龙去脉,但是现在……对我来说他们就像是要重新学习的知识一样!说到这里,我想起来了:你看到这里空白的几行了吗?"

杰森点了点头。

"很好,这里的上面讲的是关于'门的创造者'的内容,你有什么知道的吗？"

"也许吧。"杰森说。

"啊，太棒了！我就知道自己找对人了。在这里我写道：在第一座城市里有一群活跃的手工匠，被称为'创造者'，他们会建造一种能够连接两个遥远地方的类似于门一样的东西，这些门都配有与之相对应的钥匙，而这群人的标记就是三只乌龟，因为他们所居住的城市在海洋里的一座小岛上……最后我还注明了一句说明我的城市里也存在着这样的门。为此，我特别下命令规定城市里所有的大门都不能上锁，然后我派遣那些盗贼们试着找寻那些无法打开的门，嗯……这里我还详细记录了为什么我要将那些盗贼分成两个团体，不过我想你对于这些也许不感兴趣……然后就是这些空白行，每当我看到这里的时候，我就会意识到这个问题还没有解决。"杰尼神父将记录纸放在一边，然后在房间里走了两圈。"今天晚上，利戈贝托过来对我说他找到了一扇无法打开的门，然后……哗！你就出现了，而且身上带着四把刻有动物的奇怪钥匙，现在你明白我为什么会对你那么感兴趣了吧？"

杰森显得有些尴尬，思考着应该怎样回答他的问题，最后他决定了豁出去。"是的，终于被你发现了。"他说。

"啊，是吗？"

"是的。"

"那么我发现了什么呢？"

"我就是门的创造者之一。"

"太棒了！"身穿蓝色衣服的小男孩高兴地说道，"那么你可以帮我打开那扇门吗？"

"当然！"杰森接着说。

"很好，那么我们现在就出发去时间流逝之庭吧！"

杰森阻止了他，说："啊，不行，我们应该先去永恒青春之泉边上的那扇门那里。"

杰尼神父笑了笑说："呃，这个……也好，不过我们怎么过去呢？"

"我不知道，你应该比我更熟悉这里的街道才对。"杰森说。

"以前的话我一定认得路……"小男孩说，"而且一定非常熟悉，但是出于某种原因，我现在已经忘记该怎么走了，而且在我所有的记录里并没有注明应该怎么去那里。"

"你是说你不知道应该怎么去那个喷泉那里？"

"正是。"

杰森这才意识到达戈贝托为什么只要走他们那本笔记本的原因。

"现在你明白我的问题了吧？"杰尼神父说着拿出了另一卷纸，"这里我写着曾经和一个威尼斯来的商人谈到过永恒青春之泉的事情，那人叫尤利西斯·摩尔，而在此之后我这里就再也没有关于那个泉水的记录了，所以……我也不知道它在哪里。"

"有谁知道我们在哪里吗？"瑞克站在一片草地上，天空中有无数萤火虫飞舞。

月亮已经下山了，而在另一边，晨曦已经开始从地平在线露了出来。

"你千万不要喝这些水。"内斯特一边蹲下在容器中盛了一些水，一边警告瑞克说："无论如何都不要喝。"

"为什么？"

"因为这水只能用来浇花。"内斯特说道。

瑞克没有多问，他离开了小石屋，在草坪上走了几步。

"好漂亮啊！"菲尼克斯神父看着飞舞的萤火虫说。

"看上去就像是阿尔戈山庄地下洞穴的那些萤火虫一样。"瑞克说。

"事实上它们确实就是相同的萤火虫。"内斯特说着带头沿着小路走了出来，到了马厩边上，这时，瑞克才看清楚在他们面前的是一个城镇，镇上有着许多建筑、高塔和围墙。

"哦，不！"他说，"现在我们该怎样才能找到杰森呢？"

内斯特摇了摇头说："不，应该是他过来找我们才对。"

他转向了珍珍，示意她拿出背包里的那些烟火。

城镇的上空划过了一道绿色的光线，随着一声闷响，一个大大的字母"J"出现在空中。

听到了烟花的声音之后，杰森赶紧跑到了窗户边上。

"哦，太棒了，我喜欢烟花！"杰尼神父说道。

当杰森看见天上的那个"J"之后，他马上猜到了这应该是他的同伴发给他的信号。"是我的朋友。"他说，而当另一个小男孩问他的朋友是谁时，他随口说道："另一些门的创造者。"

大约在一个小时之后，两人来到了燃放烟花的地点。

"杰森！"

"瑞克！"

"内斯特！"

众人相见之后热情地相互打了招呼。

"杰尼神父！"

"菲尼克斯神父！"

大家沿着小路一路寒暄了回去，重新来到了草坪上，此时内斯特拿回了盛水的容器，而杰森则向杰尼神父解释了一下时间之门的用途。

说着众人一个接着一个进入了时间之门。

　　"再见了，杰尼神父。"最后一个进去的内斯特说了一句，然后关上了大门。

　　在门外，身穿蓝色衣服的小男孩拉了一下门，又推了一下，但是木门却纹丝不动。

第二十三章
柳暗花明

漫长的黑夜终于过去了。

当阳光洒在基穆尔科夫的小镇上时，这里却冒出了各种各样的传闻。第一个是渔民之间的传言：不知道是谁偷走了鲍恩医生的小船。

而鲍恩医生也证实了这件事，他的那艘双马达 P44 型小船在前一天的晚上失踪了。

鲍恩太太埋怨她的丈夫总喜欢将钥匙留在船上，这使得任何人都能够轻易地开走他们的船。

可是这会是谁干的呢？肯定是一个外地人。又因为从那天之后就再也没有人见过乌索·马里埃校长了，于是就有人自然而然地将这两件事情联系在一起……

然而在那个晚上之后失踪的还不止校长，越来越多的人聚集在理发店的门口。他们的发型师格温达琳·米恩诺芙小姐也不见了。当人们打电话给她的母亲时，得到的答复只有一句话："我的女儿决定跟她生命中最重要的男人远走高飞了。"

聚集在理发师店门口的人群中，有一个人特别忧心忡忡，那就是比格斯小姐。她满大街寻找着她那些心爱的猫咪，并且告诉别人说她的家里来了一条鳄鱼。

于是人们又赶去比格斯小姐的家中：那儿没有什么鳄鱼，但是她的那些猫都不见了，唯一找到的一只就是恺撒了，它仍然躲在街灯上。

过了没多久，挂着伦敦牌照，上面写有"霍默"字样的吉普车离开了小镇。这又引起了人们的议论，因为没有人知道这位风之旅店的唯一客人到这里是来干什么的，离开又是为了什么。

阿尔戈山庄依然静静地屹立在山崖顶。

在山庄里罕见的有了一段宁静的时光，科文德夫妇刚从布莱克·沃卡诺的催眠药中恢复过来，脑子还不是十分清醒。

孩子的父亲还记得前一天晚上自己洗了一次澡，接着下楼去找两个孩子，再然后……他就什么都不知道了。

"也许你吃了什么坏东西吧……"朱莉娅装作一副非常同情的样子说。

但是科文德先生非常确定他昨晚并没有吃过东西。令他感到更奇怪的还有：为什么前一天的晚上他会使用过两件浴袍……

他的妻子则记得自己在厨房里做饭，但是后来发生了什么事她就不知道了，今天早上醒来的时候她发现自己上身穿着睡衣，而且是她最讨厌的那件，而下身则穿着平时的裤子，看起来就好像是被人挪到床上的。

她记得自己前一天晚上在为孩子们的事情担心，但是确定自己从来都没有来过卧室。

"我们昨晚在内斯特那里。"朱莉娅按照昨晚大家商量好的内容说。

科文德先生虽然有所怀疑，但是并没有要追根究底的意思，而他的妻子则开始一件一件地检查家里的东西。"看呀！"当她打开衣柜大门时说，"我的那件上面印有小花的衣服不见了！"

"大概是杰森给藏起来了吧……"朱莉娅开玩笑说。

而她的哥哥在从杰尼神父的花园那里回来之后，什么话都没有说，他好好洗了一个澡之后就躺到了床上，一睡就是整整两天。

班纳太太醒来时发现自己已经躺在家里的床上，瑞克正在厨房里准备早餐。她眨了眨眼睛，丝毫没有弄明白自己怎么会在家里的床上，然

后她来到了厨房。

"早安，妈妈。"瑞克镇定地向妈妈打了声招呼。

"你早，瑞克。"她一边回答，一边经过了镜子前面。

当她正准备拿起桌上的水杯喝水时，瑞克突然抢下了她手里的杯子，然后将里面的水倒入了洗碗槽。

"这水不能喝！"他笑着说。

"为什么？"

"今天你的气色很好啊，"瑞克并没有直接回答她的问题，"看上去似乎年轻了不少。"

班纳太太看了看镜子里的自己，与她预想的不同，镜子里的自己并没有浮肿的眼睛，也没有疲惫的面容，而且什么时候自己的皮肤变得那么细腻了？

"今天你不去学校吗？"

瑞克摇了摇头说："校长失踪了，学校因此会放几天假。"

"校长？"

"你没有听说过那些传言吗？"

镇上的流言蜚语似乎已经到了一发而不可收拾的地步了。

有人信誓旦旦地说曾经听到过火车的声音，而那些想要一探究竟的人来到火车站后，除了看到地上留有的三轮摩托车印记之外，更惊奇地发现布莱克·沃卡诺已经回到了镇上。

除此之外还有一则消息引起了人们的注意：在距离基穆尔科夫西边大约十二千米的沙滩上，一条年迈的鲸鱼自己爬上了岸，似乎正在安静地等待死亡。来自康沃尔各处的记者都聚集到这里拍照：这条鲸鱼足足

有半个盐崖壁那么高，它的眼神里似乎流露着一种说不出的悲哀。许多
人都带着水桶舀上海水浇在鲸鱼的皮肤上，而渔民们则想尽办法希望能
够把它拖回海里……但是，这一切都只是一种徒劳。

　　鲸鱼的呼吸越来越慢，它身上的皮肤在阳光的照射下敷上了薄薄的
一层盐，心脏的跳动渐渐变弱，许多村民都自发地来到这里，当然也包
括了孩子们，他们走到了鲸鱼的身边，轻柔地抚摸着它的皮肤，在它的
耳边低语着什么。

　　在这条鲸鱼死后，人们将它的尸体交给博物馆处理……

　　而人们在搬运尸体的时候，却无意中发现了在鲸鱼的嘴巴里还含着
一块引擎外壳的碎片，上面写着"P44"的字样……

　　在紧接着的一个星期六，菲尼克斯神父在圣亚戈布教堂门口的公告
栏上贴了一张通告，上面宣布了伦纳德·米纳索和图书管理员卡里普索
结婚的消息。

　　这个消息就像是一则爆炸性的新闻一样很快传遍了整个小镇，而杰
森、朱莉娅和瑞克很快也来到了书店门口，并且带着一条白色的小卷毛
狗作为礼物向两人道贺。

　　卡里普索将三人叫到了一边，装出一副严肃的表情对他们说："不
要以为这么轻易我就会忘记我们的约定！当我给你们那四把钥匙的时候
我们可是说好了的：你们必须在一周之内每人读完一本书，现在一个星
期的时间很快就要过去了！给你们的书都读好了没有？"

　　三个孩子在一阵哄笑声中飞也似地跑开了。

　　然后还发生了其他事情，几乎没有人注意到……

　　几乎没有人……

第二十四章

照片

昏暗的学校里一片寂静，除了从底楼传来的一声刺耳的声音。在走廊尽头那个关闭了很久的教室里，窗户的把手转动了一下。上面的玻璃已经被打破了，一根铁从外面伸进来，钩住了窗户把手，有人从外面试图打开这扇窗。

"嗒"！那扇窗终于向着内侧打开了。

一个黑影窜进了教室，只见他收起了铁，然后将玻璃的碎片藏起来，来到了门口，将耳朵贴在门上倾听外面的动静：走廊里一点声音都没有。

黑影探出头去，向两侧看了看，在确定了这里只有他一个人之后，他推开了教室的门走了出去。

这个人不是别人，正是杰森。

杰森的运动鞋在走廊的地板上发出"咯吱咯吱"的声音，走廊里所有的教室门都关着，空气里飘散着一股消毒剂、粉笔和墨水混合起来的味道，墙壁上挂着孩子们画的图画。

杰森走过了一幅画着大不列颠王国地图的画，来到了楼梯边上，和往常不同，杰森并没有跳上扶手一滑而下，而是两级并作一步地跨下了楼梯，然后来到了一扇门前。

乌索·马里埃的名字贴在房间黄色的玻璃上，这里就是校长室了。

即便杰森已经万分小心，但是校长室那扇陈旧的门被打开的时候还是发出了"吱呀"一声。

小男孩拨亮了手里的手电筒，摸索着寻找校长的办公桌，在墙边矗立着一台落地式电扇，显得很是突兀。他踮起脚尖，来到了办公桌前，找到了最底层的那一格抽屉，用尽全力去拉上面的把手，抽屉终于应声打开了。

"找到了！"杰森很快就认出了存放他那些被没收的物品的小盒子。

然后他将它取出来放在书桌上，打开了盒子。

里面有许多东西：一把水枪，两个核桃壳，一些玻璃弹珠，一本漫画书，一条染成红色的狐狸尾巴，许多纸片，几根橡皮筋，三支铅笔，而在最底下……

"玛鲁克的徽章！"杰森取回了在扁舟之乡得到的这个幸运符。

在经历了杰尼花园的冒险之后，杰森越发意识到运气的重要性了。

小男孩关上了盒子，然后将它放回抽屉里，他想了一下，又打开盒子将那把水枪也拿了出来，随后他整理干净桌子，这样就不会有人发现这里曾经被人动过了。

这时他才注意到一些照片。

一共有三张，都是黑白照片：第一张是 1958 年的班级合影，照片的背面有着所有人的签名，第二张就是那张他在面具岛上从彼得的住所那里得到的烧毁了一半的照片。

第三张照片和第二张完全一样，只不过是它的完整版。

上面除了彼得和伦纳德之外，还有内斯特，而在照片的背面则写着三个名字：彼得·德多路士、伦纳德·米纳索和尤利西斯·摩尔。

杰森飞快地跑出了校长室，然后从进来时的那个窗户又爬了出去，用铁重新关上了窗户，他此时的心跳非常快，但是他也顾不上了，直奔小镇而去。

他来到了一座白色的小屋前面，深深吸了一口气，然后使尽全力地喊道："瑞克……！！"

不久之后，两辆单车一前一后地飞驰在小镇的街道上，瑞克在前，

而杰森骑着鲍恩医生女儿的那辆单车紧跟在后："当时彼得·德多路士指给奥利维亚看的那个人是他，而不是伦纳德！这样所有的事情就都有了答案！"

瑞克更加用力地踩着踏板。"你对朱莉娅说过了吗？"他身体倾斜着转过了一个弯道。

"她还在家里。"

"那你的父母呢？没有什么问题吧？"

"是的，他们已经忘记了所有的事情。"

"你给他们喝了多少永恒青春泉水？"

"按照内斯特的吩咐，每个人半杯，你呢？"

瑞克回头来笑了笑说："一杯！"

"一杯？你疯了吗？"杰森叫了起来，"布莱克不是吩咐我们不要做得太过火吗？而且……我已经对你说过杰尼神父的事情了：他喝了那些水之后变成了一个小孩儿，并且什么都不记得了！"

"可是我的妈妈现在变得更年轻也更漂亮了！"瑞克回答说。

"她有没有告诉你关于主钥匙的下落？"

"别提了！这件事情我已经问了她一个星期了，可她也不记得了。"

"什么？不记得了？"

"她说她似乎有印象曾经有过这么一把钥匙，但是她不记得放在哪里，或者交给谁。"

"这都是你的错……"

"我会尽力的，杰森，但是我也不能每天都问她关于钥匙的事情吧。不管怎么说，她最后一次告诉我的是她好像把这把钥匙捐赠给一间博彩公司了……"

"什么？博彩公司？"杰森连单车的把手都快无法握住了。

"快点跟上吧！"瑞克说，"难道说你又想做最后一名？"

"主钥匙在博彩公司那里？真是太令人难以置信了。"

"没关系的，没有了奥利维亚，我们有的是时间来找这把钥匙，内斯特也是这么认为的……"

"你是指尤利西斯吧！"

"我们来比一下看谁先到达山庄吧？"

"没问题！"

当杰森喘着粗气来到了阿尔戈山庄的院子里时，朱莉娅和瑞克两人已经手拉着手并肩站在一起。

"哦，天哪，不要这样吧……"

朱莉娅举起了瑞克的一只手，做出了胜利的姿势说："只不过是一只手而已，又不是世界末日！"

杰森放下了单车径直走向了内斯特的小屋。

"你去哪里？"

"去找内斯特。"

"他不在。"

"是吗？那他去了哪里？"

"墓地。"

第二十五章
更多的真相

摩尔家族墓地的大门敞开着。

杰森、朱莉娅和瑞克走进了由白色柱子包围着的小房间，然后来到了地下，过道里飘出了一股淡淡的花香。

内斯特就在左边的通道里，站在尤利西斯和珀罗珀的坟墓前整理着地上摆放着的花朵。"内斯特！"孩子们叫道。

老管理员回过头来向众人打了个招呼。

三个孩子走上前去，室内的空气有些阴冷，而花朵的香味弥漫着整个空间。

"你们来这里做什么？"内斯特问道，"过来看我整理……自己的坟墓吗？"

"我们找到了这个……"杰森说着拿出了刚才找到的照片。

内斯特看了一眼照片，似乎有些忧郁地摇了摇头。

"这个你们是在哪里找到的？"他一边问道，一边将照片还给了杰森。

"在学校。"

瑞克往前走了半步说："现在你可以告诉我们所有的真相了吗？"

内斯特看了看地上的坟墓和前面的花朵说："我们可以出去谈吗？"

众人坐在墓地前的阶梯上，眼前的大海像一面镜子一样清澈。内斯特脱下了手套，将除草用的剪刀放在脚边，然后眼睛盯着大海说："对不起。"

杰森、朱莉娅和瑞克并没有开口说话，静静地等着听他的下文。

"我之前对你们说了谎。"

"一个叫了三十年的名字似乎不单单是谎话那么简单吧。"

"这已经成为一种习惯了。"内斯特笑了笑说，"自从我认识了伦纳德……而且和他们一起拍了集体照之后，没想到当时随口取的这个名字竟然跟随了我那么久，就好像是我的一个孪生兄弟一样。"

说着内斯特看了看杰森，又看了看朱莉娅。

"就像是你们两人……当时我随口取了这样一个名字，渐渐地它竟然成为了我的一部分，你们知道吗：作为一个真正的山庄管理员让我平日自由了许多，它可以让我做我想做的事情，而且，当珀罗珀死去之后，把自己当做另一个人确实是一个减轻创伤的好方法。现在我觉得自己更像是真正的内斯特，而不再是尤利西斯了。尤利西斯是一个旅行者，他有一位美丽的妻子而且有许多朋友，而内斯特……只不过是一个走路一瘸一拐的山庄管理员而已。"

"这件事还有谁知道？"

"只有我的朋友们。"

"可是为什么他们都不告诉我们呢？"

"因为是我请他们帮我保守这个秘密的，现在你们已经知道了真相，知道了尤利西斯是谁，但是尤利西斯并不希望被别人认出来……"

"天哪！"杰森说，"从你那些日记本中，我们可是花了很大的精力才找到关于你的线索的！你就不能早些告诉我们吗？"

他笑了笑说："如果什么都告诉了你们，你们就没有那么多乐趣了。"

"我们可是为了你冒了生命的危险哪！"

"我一开始也没有想到你们会走得那么远，虽然伦纳德认为这只是我一厢情愿，但是我一直坚信你们能够重新打开那些时间之门，而事实上你们确实做到了，几天前，你们收到了那个包裹。"尤利西斯笑着说。

"这样说来，那些钥匙不是你寄给我们的？"

"不是，是你们自己收到的，就如很久之前的我一样。"

杰森摇了摇头说："等等，等等……有一件事我还没有弄明白。"

"什么？"

"当时我差点掉下悬崖，而如果这件事情没有发生的话，我很可能就不会发现那条秘密的信息了……"

尤利西斯笑着说："可不是我安排让你们找到那个包裹的。"然后他又解释说："当时我决定如果你们能够解开隐藏在阿尔戈山庄的所有谜题中的一个的话，我就会让你们向前进一步；而如果你们什么都没有发现的话，就说明从一开始我就想错了，而所有的事情也会一起结束。"

"所有谜题中的一个？"朱莉娅问道。

"是啊，事实上我在那棵桑树顶上也藏了一些秘密，在藏书室后面的密室里也有一个。"

孩子们面面相觑。

"当时我确实想要爬上那棵桑树！"杰森叫了起来。

"可是你为什么要这样做呢？"朱莉娅问道。

尤利西斯·摩尔笑了："你们和我一样是从城里来的孩子，而且很快在这里交到了一个朋友。"

瑞克点了点头。

"但是我不清楚你们是否会喜欢探险和解谜，你们甚至有可能会有一定的危险，所以我希望能够观察你们一段时间，并且在暗中帮助你们……"

"阁楼上的那些船只模型，还有那些日记……"朱莉娅想了起来。

"是的，我会在一些地方留下各种线索来帮助你们……不过你们付出的努力甚至超出了我的预期，比如你们在彼得的棋盘里找到了那张盘片，直到那时我才明白为什么他会突然一个人跑去威尼斯。"

"这个是我们自己找到的吗？"

"是的，而且你们还找到了其他连我都不知道的东西。"

"那么关于那些门的创造者呢？"

"这一点对我来说还是一片空白，我们当时通过时间之门去了很多地方，同时还冒着无法回来的危险，最后珀罗珀和我决定关上时间之门，并且不再追查那些门的创造者。"

"你是指那次伦纳德……"

"是的，那次他差点被鲨鱼吃掉。"

"可是后来你怎么又改变主意了呢？"朱莉娅问道。

"因为我必须阻止奥利维亚。"尤利西斯回答说。

"唉，我们为了这件事情也冒了很大的危险！"杰森说，"比如那次在威尼斯的面具岛上！"

"不过我觉得那样做还是值得的。"瑞克低声说。

一阵微风吹过，海面上荡起了阵阵波浪。

"你还有很多事情要告诉我们呢。"朱莉娅说，"我在你的房间里看到你用奇怪的文字写了许多笔记……"

尤利西斯"扑哧"一声笑了出来："哦，那些啊，那上面写的都是你们知道的事情。"

"什么事情？"

"那些笔记上记载着关于你们的事情。"尤利西斯·摩尔说。

三个孩子不出声了，过了一会儿，杰森打破了沉默："关于我们？"

"是的，写的是你们如何打开那些时间之门，如何找到基穆尔科夫的秘密的事情……"

"可是你为什么要用那些别人看不懂的代码来写呢？"

"因为我不确定……你们是否能够战胜奥利维亚。"

"现在呢？"

"现在我知道那四把钥匙在一些可以信任的人的手里。"

"告诉我们一些关于珀罗珀的事情吧……"朱莉娅说，"她真的是出生在18世纪的威尼斯吗？"

尤利西斯站起身来，看着大海。"是的，我是在和爸爸的一次旅行中认识她的，在那之后我成天脑子里就只想着她……"尤利西斯说："我像是着了魔一样，对我来说，基穆尔科夫或是阿尔戈山庄都变得不重要了，只要能够见到她我就心满意足了。在我们这样往返旅行了几次之后，有一天我的爸爸告诉我说他愿意住到威尼斯去，这样就可以让珀罗珀来到基穆尔科夫了。后来我们就这样做了……但是，最后……她却掉下了悬崖。"

孩子们相互看了一眼。

"后来，彼得去了威尼斯，而我的爸爸看到友爱之街上的时间之门重新打开之后他又回来了，不久之后他也平静地去世了。正因为如此，他的尸体被葬在我们家族的墓地里。"

"这样也就说明了为什么彼得再也无法回到基穆尔科夫了，因为时间之门已经关闭了。"

"是的。"尤利西斯·摩尔点了点头。

这时，从他们的身后传来了一个声音，杰森、朱莉娅和瑞克站起身来看着墓地的方向。

"这是什么声音？"

"啊，这个声音……"尤利西斯的脸上回复了一丝狡猾的表情，"我想这是我们接下来要面对的一个问题。"

"什么意思？"

尤利西斯重新戴上了手套，这时从墓地里又传来了刚才的声音，而且后面还伴随着"哈！哈！"声。

杰森和瑞克一下子听出了这个声音！"嘿！"两人异口同声地说，"那个听上去像是……可是这怎么可能？"

"不过我认为你们没有听错，孩子们。"尤利西斯·摩尔说，"我想是因为曼弗雷德和格温达琳的离开使得埃及的时间之门被打开了……"

朱莉娅茫然地看着瑞克和杰森说："不好意思，你们可以向我解释一下到底是怎么一回事吗？"

"告诉我这不是真的！"两个男孩并没有直接回答女孩的问题，而是和尤利西斯一同走进墓地里。

在里面他们看到了一位老者，他眼神狡黠，身边还带着一条巨大的鳄鱼。

"哈！哈！"失落地图之店的主人高兴得叫了起来，"看看是谁来了！牙尖嘴利和宝石之心！"

朱莉娅一看见那条巨大的鳄鱼，就吓得叫了起来。

"乖！塔罗斯！乖！"主人拉了拉拴着鳄鱼的绳子说，"你不认识这些老朋友了吗？"

杰森、朱莉娅和瑞克看着尤利西斯问："现在我们该怎么办？"

"你们是基穆尔科夫的骑士，"尤利西斯·摩尔回答说，"你们手里有着那四把钥匙，一切由你们来决定吧。"

杰森、朱莉娅和瑞克走在乌龟花园的草地上，天空中洁白的云朵时而遮住太阳，海风带着一丝咸味吹过他们的脸庞。

"也许我们应该趁爸爸妈妈不在家的时候让他们到山庄里来！"

“要是让妈妈知道我们家里有一条鳄鱼的话……”

“你怎么看？让他们也上墨提斯号吗？”

“最重要的是要让他们赶紧回到埃及去。”

“也许我们应该去把曼弗雷德和格温达琳找回来。”

“顺便可以和玛鲁克打一声招呼。”

“那彼得呢？彼得怎么办？”

“他不是在威尼斯吗？”

“他现在还好吗？”

“我不知道，不过既然他能够给我们发来那条消息，说明他遇见了卡勒夫妇。”

“也许我们应该把他们都请来这里。”

“我觉得我们应该尽快找到狮子钥匙，这个比较重要……”

“钥匙在谁那里？”

“曼弗雷德。”

“不过我们得到了其他我们没用过的钥匙……”

“而且还有尤利西斯·摩尔所有的笔记本！”

“这样就可以不用去找内斯特了。”

“遗憾的是只有你的妈妈才知道主钥匙在哪里。”

“结果除了尤利西斯·摩尔，我们什么都没有发现……我们既不知道主钥匙在哪里，也不知道谁才是那些门的创造者。”

“等一下……”

“什么？”

“那四把钥匙！”

“在我这里，杰森。”

“不是，我是说那四把钥匙！”

"我们知道啊，那又怎么样呢？"

"我们去祝贺卡里普索婚礼这件事，你还记得吗？"

"不要提了，我们还有书没有读呢……"

"不，我是说你们还记得她当时是怎么对我们说的吗？她说'当我给你们那四把钥匙的时候……'"

"那又怎么样呢？"

"你们还不明白吗？我们去邮局取那个包裹，可是卡里普索……她是怎么知道在那个包裹里放的是那四把钥匙呢？我们中间没有人对她说过这件事情啊！"

微风吹过草地，绿色的小草摇摆着形成了阵阵波浪。

三个孩子站在了白色的工具屋前。

在那里，那个难忘的夏天，尤利西斯他们遇见了卡里普索和她的两条白色卷毛狗。

"尤利西斯·摩尔也是通过邮政包裹收到了那四把钥匙，但是他却不知道是谁寄出的。"

"你想说难道……卡里普索……"

"有可能……"

"是门的创造者之一？"

杰森推开了工具屋的门。

他第一次来这里是和伦纳德·米纳索一起过来的。

"我也不知道，"他说，"但是我想我们能够找到一些线索的。"

在墙壁上依然留着当时写下的名字：

伦纳德

彼得

布莱克

赫利斯坦内斯查

还有最下面那几乎已经无法辨认的字迹：

尤利西斯

"你们身边带有小刀吗？"杰森问瑞克和朱莉娅。

两人没有回答。

杰森回头看了一眼马上又转过头来。

两人在门外正亲昵地拥抱着……

他在地上找了一块石头，然后在尤利西斯名字的下面刻上了三个孩子的名字……

CERTIFIED COPY
AN ENTRY OF BIRTH

ULYSSES MOORE

REGISTER OFFICE   Kilmore Cove — Cornwall

the Sub-district of East   in the Country of London

A Wise Old Owl

第二十六章
威尼斯之旅

接下来的几天可难为了睡不醒的弗来德了，老猫头鹰不知道怎么回事突然出了一些故障，而伦纳德和卡里普索的婚礼日期渐渐临近，好像所有的人都在同一个时候需要从他那里索取相关文件一样。

"这可从来都没有发生过。"晚上他向菲尼克斯神父抱怨说，"甚至连内斯特都来了。"

"内斯特？"

"是的，他过来对我说老猫头鹰在打印的时候出现了一个错误，天哪！'老猫头鹰不可能出错，'我这样告诉他，'因为这台机器是彼得制造的，而彼得做事向来一丝不苟。'"说着弗来德喝完了杯子里的苹果汁，并且又要了一杯。"不过内斯特说话的时候语气非常肯定，于是我又检查了一遍机器，结果真的发现了一个小问题，后来我自己也不知道怎么的就把它给修好了。内斯特过来是希望把他的名字从所有文件中去掉，并且重新声明尤利西斯·摩尔还活着。"睡不醒的弗来德说："这下他可高兴了……"

"是我们大家都高兴了。"菲尼克斯神父拍了拍弗来德的肩膀说。

"除了我的手指！我现在手指痛得都没办法穿鞋子了，他们还要让我签那么多名字。"

"也许你应该需要一个休假了，弗来德。"

"对啊！"政府公务员说，"我可以找个地方去度度假……也许可以去山上，一个可以滑雪的地方。"

"嗯……"菲尼克斯神父做了个打冷战的动作说，"我可不觉得那是一个放松心情的好地方。"

"或者我可以去威尼斯，"弗来德继续说，"对了，去威尼斯是一个好主意，就是……稍微远了一点。"

"是啊，的确稍微远了一点。"

"但是我决定了，还是应该去威尼斯度假！"公务员一口气喝完了第二杯果汁，肯定地说，"我这就去找我的表弟带我过去……我要去威尼斯度假！再见了，神父！"

"再见，弗来德。"菲尼克斯神父愉快地向他道别。

弗来德走出了酒吧之后，直奔他表弟的小工房，然后让他的表弟用车载着他一直往西边出了基穆尔科夫，来到了一条狭窄的小路上。

"到这里就可以了，接下来我自己过去。"他说着，走下了汽车。

他的表弟对他的奇怪举动早已经习惯了，也没有多问什么，驾驶着汽车掉头就回去了。

弗来德今天的心情似乎很好，他一边吹着口哨，一边走在小道上，来到了一处别致的小屋前，但是在这里他却看到了一辆挖土机斜着停放在路边，机器的侧面写着：

爆破工程队

赛洛普斯公司

镜屋已经有一部分损毁了，大门就斜着躺在地上，而里面的那些猫头鹰仍然安静地栖息着。

"哦……"弗来德猜想着这里到底发生了什么事情，"看来这里发生了一些非常复杂的事情。"

他用手摸了摸自己的脖子，没有找到他要的东西，然后又伸手插进了裤袋，找了好一会儿之后终于掏出了一把手柄上刻有三只乌龟的钥匙，这可是他在一次抽奖中赢来的。

他将钥匙插进了彼得·德多路士镜屋里的时间之门内，然后打开了大门。

"我来了，威尼斯！"睡不醒的弗来德为自己能够那么快实现愿望而感到非常兴奋，"虽然只能在这里待上一天！"

亲爱的读者：

你们好。最终关于尤利西斯·摩尔和他那些日记本的谜题终于解开了：内斯特和尤利西斯原来是同一个人，在本册书送去出版印刷之前，我们又收到了一封迈克尔的来信，而寄出地是……基穆尔科夫……

大家好：

现在所有的谜题似乎都解开了：那个在阿尔戈山庄管理员屋子里放了几年的行李箱连同那些日记本后来都到了卡里普索的手上，而她又将这个箱子带到了泽罗的民宿酒店里。

不过我始终都没有弄明白为什么卡里普索在那么多作者中间会选择我。不过不管怎样，我对她的这一举动还是心存感激的。

现在我已经完成了第六册日记本的翻译，我终于明白为什么尤利西斯·摩尔的名字会出现在每一本书的封面之上了。因为正是他记录下所有的故事，是他带我们去了康沃尔、威尼斯和古埃及旅行……是他让我们知道世界上还存在着一些神奇的时间之门……是他让我们认识了杰森、朱莉娅和瑞克，而他们的故事必将继续下去。

为了寻找珀罗珀的家，我已经去过了威尼斯，在卡勒夫妇家的二楼，我看到了她的画像。就和我之前想象的一样，她果然是一个非常美丽的女孩，金色的头发，笑容很甜美，我能够理解为什么尤利西斯·摩尔始终不愿意更多地提起他的妻子，也许他一直都抱有一种希望，希望有一天她能够奇迹般回到自己的身旁？

时候已经不早了，我也该向你们道别了，在和你们共同度过的这段时间里，我确实感到非常充实。

最后我要告诉你们一件事情：我为自己买了一块怀表，就是表面上刻有一只猫头鹰，上面还刻着 P.D. 的那种，如果有人问我是在哪里找到这块手表的话，我会回答他说：在一个不存在的小镇上。

迈克尔

过一过探险的瘾！

小探险家们，之前我们已经为你们介绍了很多探险知识，现在我们要告一段落了。在最后，我们想问一下：如果有一天你到野外探险，你需要特别注意哪些事项吗？而这是我们在说再见之前一定要告诉你的。

控制体力的消耗

要尽可能减掉不必要的负荷；每隔一定时间喝一次水，每次不要喝太多；注意运动的节奏，不要频繁坐下休息，也不要劳累过度。

与野生动物相处

在野外如碰到野生动物，不要大声喧哗，和野生动物保持适当距离，不要靠得太近，更不要惊吓或挑逗野生动物。野外宿营时要保管好盐，不要在营地烧烤肉食，这样会招来大型动物和猛兽。

防止蚊虫叮咬

在野外来自昆虫的威胁比野兽要大得多。蚊虫、野蜂、蚂蟥等的叮咬会使人受伤致病。因此，在野外活动时最好穿长袖衬衣和长裤，必要时穿上长袜，既避免植物划伤身体也可防止昆虫叮咬。在可能有野蜂和蚂蟥的地方要小心，发现它们也不要惊慌，保持镇定往往能减少所受的伤害。

防止迷路

如果你发现自己已经迷路，不要惊慌，镇定下来，你可以爬到高处观察，这样有助于你判断地形，寻找道路和游人活动的痕迹。另外你也可以下到山谷，山上的水通常会在山谷中汇集成溪流，顺着溪流而下比较节约体力，在溪流两边通常会找到道路和人烟，最终脱离险境。

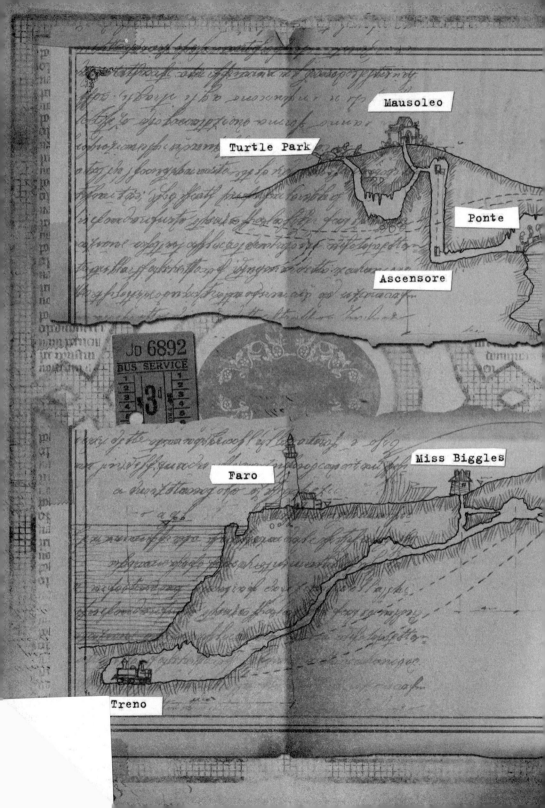

Mausoleo

Turtle Park

Ponte

Ascensore

Faro

Miss Biggles

Treno

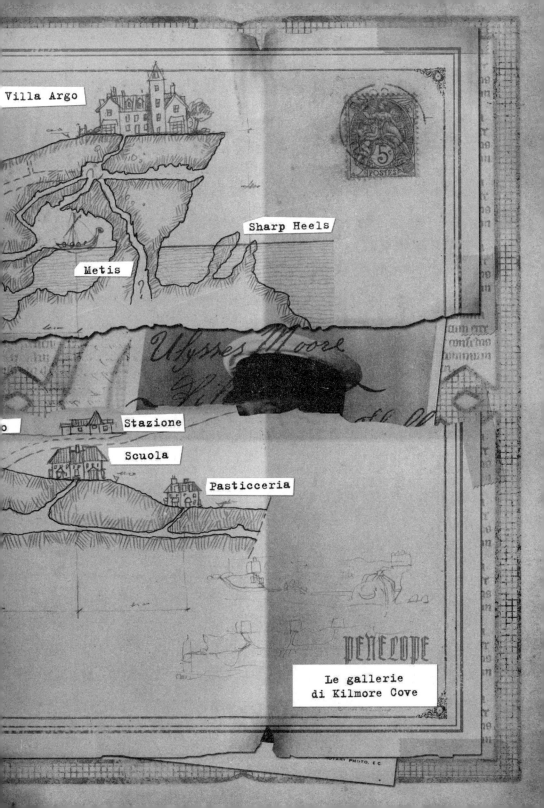

Villa Argo

Sharp Heels

Metis

Stazione

Scuola

Pasticceria

PENELOPE

Le gallerie
di Kilmore Cove